Sigrid Katharina Eismann

Das Paprikaraumschiff

Roman

 danubebooks

Bibliografische Information der Deutschen Nationalbibliothek:
Die Deutsche Nationalbibliothek verzeichnet diese Publikation in der Deutschen
Nationalbibliografie; detaillierte bibliografische Daten sind im Internet über
http://dnb.d-nb.de abrufbar.

© 2020 danube books Verlag e. K., Ulm

Gestaltung	www.geller-design.de
Titelmotiv	Sigrid Katharina Eismann
Lektorat	Bernhard Bauser, Seligenstadt
Korrektorat	Sabine Besenfelder, Tübingen
Verlag	danube books Verlag e. K., Ulm
Druck und Bindung	DENONA d. o. o., Zagreb
ISBN	978-3-946046-18-9

INHALTSVERZEICHNIS

Anmerkungen zur Poetik von Sigrid Katharina Eismann

Wer hat uns eingeredet, zeitgenössische Prosa habe schlicht, präzise und metaphernarm zu sein? Katharina Eismanns Roman atmet sprachliche Opulenz, Bedeutungsvielfalt und historische Tiefe, als wäre das Habsburger Reich nie untergegangen. Ihre Fabulierlust verliert sich dabei nie in Sprachspielerei. Ihre Alliterationen, Vergleiche und Metaphern treffen auf den Punkt und direkt ins Herz. Das Buch besteht aus einem Miniaturen-Geflecht, das sich zeitlich wie räumlich, aber eben auch sprachlich, zu einer poetischen Gesamtschau verstrebt. Die persönliche Geschichte des Wartens in den Siebzigern, des Überlebens, dann der Auswanderung, der widersprüchlichen Eindrücke bei der Ankunft im Westen und späterer Besuche in der ehemaligen Heimat bilden nur eine vordergründige Erzählschicht. Wie durch eine Lasur schimmernd thematisiert die Autorin dabei auch die wechselvolle Geschichte der Donauschwaben und der Hotzen, die Physiognomie der Stadt Temeswar (die Innere und die Vorstadt) sowie später eine nachlässige Willkommenskultur im Westen.

Neben der deutschen Muttersprache verschichten sich in diesen literarischen Spotlights rumänische, ungarische, serbische und mundartliche Sprachanteile. Allein diese Melange der Idiome bewirkt, dass sich der Leser ins Banat versetzt fühlt. Die Region aber nicht als verklärte Wunschwelt in historischer Indifferenz, sondern geografisch, politisch, kulturell als Teil Mitteleuropas. Im Sozialismus implodierte hier nach und nach eine stolze und eigenständige Kultur der Deutschen in der Fremde. Die pauschale Verfolgung nach dem Krieg zermürbte sie. Dass Viele bei den Nazis mitgetan hatten, zerstörte ihre Moral. Die Mangelwirtschaft nahm noch den Rest an Stolz und Würde. Es blieben Ironie, Verschlagenheit und das unbedingte Verlangen auszuwandern. In Deutschland angekommen, besannen sie sich wieder auf ihre verschütteten, längst überholten Traditionen und Lebenslinien. Eismanns Textgeflecht macht die deutsch-rumänische Tradition, ihre Kraft und Lebendigkeit, durch ihre Sprache spürbar. Fern von Brauchtumspflege bewahrt sie Herkunft durch Poesie.

Die biografischen Episoden verweben sich in einer Art Familienzusammenführung – wenigstens im Text finden die Versprengten, Vergessenen, Gestorbenen wieder zusammen, erfahren eine späte Würdigung ihrer abenteuerlichen, vom Schicksal nicht verwöhnten Lebenswege. Dabei geht es mal deftig und lautmalerisch zu, wie bei der „Schweineschlacht", mal poetisch-verträumt, wenn die kleine Katharina auf dem Schoß der Tante sitzen und Märchen lauschen darf, mal schlüpfrig, wie im Persching-Kapitel. Immer halten sich in dieser Prosa Leichtigkeit und Erdenschwere die Waage.

Ein Novembermorgen in Offenbach, etwa 2009. Die Autorin in der Küche, bereitet das Frühstück für sich und ihren Sohn vor. Der Grundschüler schläft noch, tagsüber spielt er mit Star-Wars-Figuren. Sie schneidet Brot und Paprika auf. Auf dem Tisch das Nutella-Glas. Die Zeit des Wartens ist ihr Kreativraum. Sie schreibt ein Gedicht für ihn, aquarelliert zugleich die Paprika:

Das Paprikaraumschiff

Yoda der Weise geht auf eine lange Reise
Luke Skywalker macht Extratouren
das aerodynamische Ding fliegt
über den nutella-gespurten Löffel

guten Morgen, kuscheliges Nachtgesicht,
schlürf dein Teechen
… mit träumendem Kinderherz, raunend
in die Morgenkälte taumeln

das Paprikaraumschiff ist mein Traumschiff

Das Paprikaraumschiff war zunächst als Titel für Eismanns Lyrikdebut im Jahr 2017 geplant. Der Verlag hatte eine andere Idee. Im vorliegenden Roman mutiert das Wort zum Emblem der spielerischen, dynamischen Reise durch die Sprachen, Zeiten und Regionen. Wo immer es landet, tun sich neue Welten aus alten Geschichten auf. Ob Wahrheit oder Legende, ist nicht die wichtigste Frage, entscheidend ist, dass sie erzählt werden.

Ende der neunzehnhundertsiebziger Jahre besuchte die Autorin das deutschsprachige Nikolaus-Lenau-Lyzeum in Temeswar. Die Begegnung mit den literarischen Klassikern inspirierte sie zu ersten Gedichten. Die Ausreise und die Beschleunigung im Westen ließ sie als Dichterin für Jahrzehnte verstummen. Mit überschäumender Lernenergie absolvierte sie eine Ausbildung und arbeitete als Fremdsprachenkorrespondentin und Übersetzerin. Erst durch die Ermunterung eines ehemaligen Mitschülers am Lyzeum begann sie 2009 wieder zu schreiben. Die Geschichten des Buches sind lange im Gedächtniskeller gereift, Poesie und Gespräche haben sie ans Licht gehoben.

Bernhard Bauser, Schriftsteller und Filmemacher

HALTESTELLEN TEMESWAR

Timi_oara
Flughafen Temeswar, Pfingsten 2015

Sanft in Banaterra gelandet im verbrannten Feld am Minia-
turflughafen, 22 Grad. Timi_oara begrüßt uns mit einer Zahn-
lücke im Schild, nur zwei Airbreaks vom Frankfurter Luft-
bahnhof entfernt. Sprachklang vertraut, Ehemalige drehen die
Köpfe, das Nikolaus-Lenau-Lyzeum ist angereist, halb Temes-
war. Mit einem erschöpften Schmunzeln in die Empfangshal-
le: Der Ostbusiness-Experte aus der Lenau-Schule scannt sein
Gepäck in der vertrauten Joe-Cocker-Manier, angesprochen
habe ich ihn nicht. Aufgedreht in den überladenen Mietwagen
gestiegen, durch den Jagdwald gerauscht.

Stand ich da oder dort, in der fähnchenschwingenden Men-
ge, den Auftrag, einen Brief, in der Manteltasche versteckt,
noch nicht gezückt?

War Ceaușescu auf Empfang? Er war der Empfänger.

Felder abgeerntet, die gerupften Gänsefedern in die *Tuchent* gesteckt, Kirchweihfeste abgebaut. Koffer stapeln im langen Gang der ausgeräumten Giebelhäuser. Der Fetzenteppich auf dem Misthaufen gelandet, Damast und Porzellan verpackt, kein Banater Winterschlaf in Sicht. Windige Passverkäufer, Kopfgeldauktionäre pokern mit ausreisewilden Donauschwaben. Ceauşescus Clan führt doppelte Buchführung, die Bundesregierung wird auch zur Kasse gebeten. Auf den heiligen Laufpass, beamtendeutsch: auf die Ausreisegenehmigung, ein kompliziert zusammengesetztes Wort hierzulande, warten wir seit vierzehn Jahren. Als Wonneproppen zwinkerte ich in die Kamera für das erste Passfoto. So viel Geld können wir nicht zusammenkratzen, lamentiert Mutter.

Die Rindssupp brodelt auf dem Gasherd. Vater kommt hereingesaust, er hat Phosphoraugen und Neuigkeiten von seinen Amici aus der Parteigarage aufgeschnappt – dort treffen sich die Fahrer der Partei-Promis. *Tschossi* kommt übermorgen. Das ist kein Gerücht. Der *Ekippascheff* verteilt heiser Instruktionen durchs Haus, du schreibst den Brief, weist er Mutter an, und du gibst ihm den Brief, ruft er mir zu, und hältst den Mund! Habe mich nicht verhört.

Ein Spitzel scannt die gemütliche Nachbargarage. Es wird gelacht, gesoffen und geflucht, die angeschickerten Köpfe gefiltert und zensiert. Was die Hundehütte aushält, wird dazugedichtet. Der Köter hat mir in den Hintern gebissen, als Vater in der Garage versackte und die Nudelsupp sich auf dem Sonntagstisch verkühlte.

Mutter schreibt den Brief und kocht im Kopf, das Dostojewski-Vokabular hat sich eingefleischt. Der Schnellkochtopf hält dicht. Mein Bruder grinst. Mit Matchbox-Autos im

10

Fäustchen und dem einäugigen Kater Falconetti futscht er zu seinen Spielinseln. Der Himmel prächtig trächtig, es riecht nach Schnee. Mit dem heißen Auftrag in der Manteltasche stapfe ich zur Straßenbahnhaltestelle, heute ohne Schulranzen, als harmloses Mädchen getarnt, mit Schlittschuhen auf den Schultern. Eishaut zischt, der Szabo, unser Straßenteich, hält nicht mehr lange dicht. Am Briefumschlag herumgefingert, dich darf ich nicht verlieren. Vater hat alles arrangiert. Er ist untergetaucht in sein Kellerbüro in der *Fabrikstadt*.

Löwenmähne, sein schwowischer Maler, ein schlaksiger Typ mit breitem Dialekt aus *Liebling*, nimmt mich unter die Fittiche. Auch er trägt einen Ausreiseantrag für den Diktator bei sich. Endstation, hopp, aussteigen. Wir sind an der frischen Luft am Jagdwald, am anderen Ende von Temeswar. Untertauchen in die fähnchenschwingende Menge.

Die Eskorte rollt an, Löwenmähne stürzt los, ich bleibe stehen. Filmriss. Löwenmähne hat den Brief an den Mann gebracht, meine Bond-Aktion ist gescheitert. Er schwallt im breiten *Lieblinger* Dialekt. Auf zur nächsten Übergabestelle – das Edelrestaurant *Trandafirul*, übersetzt: Rose, liegt an der Bega.

Hoffentlich ist Ceaușescu noch nicht übel gelaunt aus der Karre gestiegen, kocht sich jetzt mit der irren Elena Filterkaffee in der Einbauküche seiner Stadtvilla – da bin ich inkognito mit Vaters Malerteam eingestiegen. Der Auftrag ist mir über die Strickmütze gewachsen. Hände heulen, der Brief weicht auf, kann ihn noch erfühlen. Löwenmähne packt mich am Ärmel, wir rattern in die Temeswarer Innere, am liebsten würde ich nach Hause fahren. Trauerweiden lassen die Mähne in die Bega hängen, ahnungsloses träges Wasser. Die Temeswarer haben sich verschanzt.

Ausgerechnet an der *Trandafirul* hat sich der *Conducātor* eine cleane Promenade bestellt. Löwenmähne ist nach *Liebling* abgedampft, ohne ein aufmunterndes „Na, du machst das schon!" Im kratzigen Mantel auf- und abmarschiert, mit den schweren Schlittschuhen auf den Schultern. Kopf hin- und hergedreht, keiner pfeift, diesen Startschuss darf ich nicht verpassen. Fernlichter in der Novembermilch, Schneeflusen fliegen. Zwei schwarze Limos mit Traktorschlappen rollen an. Losrennen, kreuz und quer. Er winkt mir zu, ein eingefallenes Männchen mit Quecksilberhaut und graumelierter Pelzmütze. Der Sonnengott personalmente sieht wie Urgroßväterchen aus. Schon bin ich eingekreist.

Küss die Hand? Sag mal winke, winke? Halte ich den zerknüllten Brief noch in der Hand? Monsieur Securitate mit geleckter Frisur hat ihn schon eingesteckt und rezensiert. Auftrag erfüllt, den Lappen bin ich los. Auf der Sonnenseite der Promenade mit Blei in den Beinen Wurzeln geschlagen. Kommt jetzt ein Haftbefehl? Werde ich abgeführt? Wird Vater deportiert? Fliege ich morgen von der Schule? Vater wurde schon als Kind verschleppt. Wer packt mich am Ärmel? Die Securitate? Braune Locken umrahmen das kantige Gesicht. Meine Lateinlehrerin! Sie beugt sich über mich. Ich lasse die Schlittschuhe fallen und darf heulen. Mein Schutzengel begleitet mich zur Straßenbahnhaltestelle am Lahovary-Platz.

Auf die Idee, zu Hause anzurufen, komme ich nicht, wir haben kein Telefon, nur eine Abhörzentrale. Hab mich auf die letzte Bank verdrückt, die *Dschanga* rumpelt sich frei nach Freidorf, nach Hause in die Szabogass.

In der aufgeheizten Küche scharen sich vier Köpfe um die Briefträgerin. Die Eskorte hab ich ordentlich verwirrt, die Post ist in den Händen des Entscheiders gelandet. Die Euphorie hält sich über die Winterferien, versüßt mit *portocale* (Orangen) aus der *Parteikantin*, dann kam der Frühling spät, und der Sommer platzte wie eine überreife Distel ohne *pașaport*.

Hotel Timişoara. Taubengegurre auf dem Opernplatz, schla-fende Jalousien, ein hochgezüchtetes Blumenmeer. Die Kellner im Lloyd im Dämmerschlaf, nach 22.00 Uhr bleibt die Küche kalt. Bauch knurrt, einen matschigen Happen im Mac ver-drückt. Friedliches Temeswar. Hier stand doch die Kleine Post, die Abhörzentrale, die Temeswarer Internationale ...

Die Fernwehnummer aus der Abhörzentrale
Die Kleine Post in Temeswar, Frühling 1976

Temeswarer Abendstunden sind Sternstunden. Laternen und Telefonleitungen streiken. Die Innere döst mit den schwerfäl-ligen Straßenbahnen. Akazienduft hängt in der Luft. Vaters Schatten huscht ins heimliche Gässchen. Ich bin so aufgeregt, S., mein Lieblingsonkel aus Frankfurt, erwartet unseren An-ruf. Vielleicht trinkt er ein Bierchen im hessischen Wohnzim-mer. Gleich sind wir da, in der Kleinen Post, Telefonzentrale und „Internationale". Auch die Damenkonditorei liegt im Tiefschlaf, kein Geschnatter lockt mich in ihr süßes Paradies. In der „Lactobar" gluckst und gärt die Milch für den Guten-Morgen-Joghurt. Nebenan hat sich die Temeswarer Abhör-zentrale eingenistet. Hinter der Milchglasscheibe laufen die Drähte heiß. Sie stehen Schlange im Neonlicht, schweigsame Gestalten, Bäuerinnen in fahler Tracht und glitzernden Kopf-tüchern, warten auf das Ferngespräch mit den Angehörigen in der Bundesrepublik. Das Banat schafft sich ab und wartet. Sonnengott Ceauşescu lässt nicht nur die Heuhaufen abhö-ren. Die Gerüchteküche brodelt, er habe das Kopfgeld für Ausreisewillige erhöht, nachdem Herr Genscher zu Besuch war. 2.500 DM pro Kopf mal 5. So viel Geld können wir nicht zusammenkratzen.

Vater buchstabiert die Fernwehnummer peinlich laut. Die Telefonistin ist kurz angebunden. Polterndes „K" in meinen

Ohren ... Fran-K-furt. Frankfurt blinkt in Strahlschrift. Vater stürmt in die Telefonzelle, hebt ab, lacht, brüllt in den mausgrauen Hörer – ein deutsch-rumänisches Kauderwelsch, so zwischen Kneipe und Krimi. Die Frage nach dem Kopfgeld darf er nur „codiert" stellen. Versprecher führen zum Verhör im Hinterhof der Securitate. Dorthin bestellen Wortsezierer die Ausrutscher.

Vater hat Schweißperlen auf der Stirn ... Ich will doch auch was sagen, zupfe ihn am Ärmel, verdrehe die Augen, brülle in den Apparatschik: „Wann kommst du?" Keine Antwort. Hab ich was Falsches gefragt? Die Verbindung ist abgeschmiert, Alaskabäche rauschen, verrauschen zwischen Frankfurt und Temeswar. Der Groschen scheinbar gefallen, die Abhörkralle wieder eingefahren. Vater stürmt aus der Telefonzelle, drängt sich vor, schiebt einen Hunderter durch den Schalter, hechtet hinaus in den Nachthimmel. Hunde bellen, sie halten sich an keine Sperrstunde. An der Straßenbahnhaltestelle gammeln Gröler. Das harte K poltert noch in meinen Ohren. Wann kommt die Straßenbahn endlich ... steht in den Sternen. Die Kneipen sind dicht, nur die *Ohnmächtige Hündin (Căţeaua Leşinată)* nicht. Vater zündet sich eine Zigarette an und murmelt vom Kopfgeld.

S. besucht uns in den Sommerferien, Hurra! Dann sausen wir im Ford Capri ans Schwarze Meer!!!! Oder hab ich mich etwa verhört? Die weiß gekalkten Stämme weisen uns den luftigen Heimweg. Wir sind nicht erreichbar. Im weltamputierten Rumänien sind Stimmen aus dem Westen Sternstunden.

„Uinea Nantschi, dā-mi un pahar cu apā."
„Uinea Nantschi, gib mir ein Glas Wasser."
Temeswar, Sommer 1974

Ein Gewitter, ein Einbrecher … Mitternacht, die Holzjalousie
rappelt. Die Nee-Oma schreckt auf, sie schläft im Zimmer an
der Gass. Ein Gast um Mitternacht? Sie steigt in ihre Patschen,
schleicht ins Vorzimmer. Soll ich, soll ich nicht? Sie öffnet das
schmale Fenster. Vor ihr steht ein Typ mit Sonnenbrille.

„Wer ist dieser Mafioso?"

„Uinea Nantschi, dā-mi un pahar cu apā", der Störenfried
bettelt um ein Glas Wasser. Vater kommt angetaumelt. Ein ru-
mänischer Bauer als Mafioso verkleidet? Der Fremde nimmt
die Brille ab.

„Heeyyy!" S., mein Lieblingsonkel aus Frankfurt, grinst
gangsterlich. Er hat seinen aerodynamischen Capri in der
staubigen Zitronenstraße eingeparkt, packt aus. Ein prächtiges WM-Leder kullert aus dem Gefährt. Mein Bruder bolzt
die Nacht in den Tag und schleicht sich mit dem ersten Kike-
riki wieder aus dem Haus. Wird schon jemand da sein! Der
Blondschopf und sein o-beiniger Freund Mikiza Kraushaar
postieren Wackersteine mitten auf die Gass. Das Blumenbeet hat die Fußballeuphorie ausgelaugt. Das WM-Fieber der
deutschen Nationalelf hat balkanischen Staub aufgewirbelt.
Die Jungs kicken barfuß. Von eingerissenen Fußnägeln lassen
sich die Derwische nicht bremsen, es wird gedribbelt, dass die
Zehen kollidieren, nur kurz aufgeheult. Adidas-Träger sind in
den Banater Sommerferien eine Rarität.

Gnädigerweise darf ich das Tor hüten und aufgeschramm-
te Knie statt ein „Goohl" kassieren. *„Lopta, lopta!",* brüllt
Mikiza. Der Ballkünstler ist entrüstet über den Ballverlust,
am vernichtenden Spielstand ist nicht zu rütteln. Gesichter
und Wunden brennen. Gerd schleudert sein kostbares Leder

übern Zaun ins Rosenbeet … auf stacheligem, aber sicherem Territorium gelandet. Großmütter streifen durch Gärten, erspähen von Platzfurchen gezeichnete Tomaten. Die roten Paprika brutzeln im Ofen, unsere Sommerdämonen. Punkt 12 klappern in der Sommerküche die Teller.

Naht ein Schwarm Raben auf krummen Beinen? Aus zerfurchten Gesichtern blitzen Hexenaugen, umrahmt von silbrigen Strähnen. Die serbischen Großmütter in schwarzen Gewändern mit Fettspuren. Sie verströmen den Gestank von ranzigen Palatschinken. *Ide kući, ide kući!* (Komm her, komm her!) Mit krächzenden Stimmen jagen sie ihre Enkel zu Tisch. Zu Hause führen sie das Männerregiment. Ihre Schwiegertöchter mit den aufgetürmten Haartempeln nähen in der Textilfabrik Frotteestrampelanzüge im Akkord. Babyklamotten sind der Exportschlager. In den Läden in der Stadt gibt es nur die Marke Rauhgrau für quengelnde Kinderscharen aus öden russischen Spielfilmen. Die Fabrikarbeiterinnen schmuggeln Flauschfetzen durchs Werkstor.

Blutrote Kirschen, vollreif und schwer, klatschen in den Sand, nicht in meine offenen Hände. Gerd, das Katzenwesen, thront in der Kirschbaumkrone. Aus dem Blätterwald springt er aufs heiße Schuppendach, hängt sich an den zarten Sauerkirschbaum. Oh weh, der einzige tragende Ast reißt ein. Die Nee-Oma kommt fluchend angesaust, verbindet die Baumwunde mit ihrem verrotzten Taschentuch. Pech klebt an meinen Fersen. Ich verfolge das Spektakel vom Schuppendach, die Nee-Oma ist schimpfend im Haus verschwunden.

Mit angebranntem Hirn in der spinatgrünen Hühnerkacke gelandet. Puh. In der Sommerküche dampft die Gartensuppe. Die apfelgrünen Wände schwitzen wie erhitzte Kinderwangen. Die Zitronenstraße versinkt in der Siesta. Verbarrikadiert im trägen Amazonien. Ich brauche keinen Mittagsschlaf. Mit einer Handvoll *Riwisli* (Johannisbeeren) schau ich bei Bélas nach, ob Irenke da ist, meine ungarische Ab-und-zu-Freundin. Irenkes Vater hat ein rotes Mongolengesicht. Den Rohbau hat er allein hochgezogen. Unser Lehmhaus lehnt sich gelassen an Bélas Betonwerk. Die Mauern halten dicht. Mit freiem Oberkörper wühlt sich Béla-Bacsi wie ein Maulwurf durch Haus und Hof. Er kippt zwischendurch hochprozentigen Pálinka. Sein Kahlkopf funkelt, der leidenschaftliche Ungar tobt wie ein Berserker. Heute ist Béla-Bacsi nüchtern. Irenkes Mutter ist nicht da, sie ist Schichtarbeiterin in der Zigarettenfabrik, gertenschlank wie eine Kippe, still wie eine Kirchenmaus.

Es riecht nach Schnapsdrosseln und Salzgurken im Rohbau. Wir wühlen uns durch leuchtende Stoffreste, vergilbte Babyklamotten. Ein Wurf Kätzchen knäuelt sich auf der Küchenbank. Wir schnappen uns zwei flauschige Kerlchen, schleppen sie in den Hof und steigen mit den Päckchen in den frisch gezimmerten Hühnerstall. Dort ist der Traum vom Puppenpalazzo wahr geworden, sogar doppelstöckig. Die lebenden Puppenkatzen fahren ihre Krallen aus. Wir stecken sie ins vergammelte Taufpolster, verschnüren sie zu Päckchen. Im Taufpolster wurden die Frischgeborenen vom Pfarrer gesegnet, durch die Welt getragen, aufs Feld, in die Stadt. Stillhalten wird im Taufpolster geübt. Durchtränkt von der Babyflüssigkeit von Generationen enden die Taufpolster in der Spielecke, später im Schuppen. Ein graues Bündel wirbelt durch den Hühnerhof, sein Federherz von Hundezähnen zerfetzt.

Melonen vom Fabrikstädter Markt
Temeswar, Sommer 1976

Der kirschrote Škoda prescht ins Gassenmaul, sein Rattern ist vertraut. Vater schleppt Melonen in die Sommerküche, ein Hauch Schwarzmeerküste vom Fabrikstädter Markt. Das Melonenmeer haben Bäuerinnen mit glänzenden Kopftüchern vor den verdreckten Dacias ausgerollt. Meeresbrise. Mit kecken Sprüchen locken sie die hitzegeplagten Städter. Ein schlaksiger Kerl in staubigem Satinanzug schnappt sich ein Schwergewicht, schnippst an der Schale. Den Soundcheck bestanden? Obstfülle klingt hohl und zuckersüß. Flink filetiert er ein Meloneneck, Vater probiert, nickt, hievt das Schwergewicht auf die Waage. Die Feilschattacke endet mit einem Goldgrinsen.

Ein Messerstich, das Melonenherz kracht, blutet auf dem Küchentisch. Mit Melonenstücken hocken wir uns auf die Treppe, Arme und Beine zuckerig verklebt. Das Insektengeschwader hat den süßen Klebstoff gewittert. Die ausgesaugten Schalen weggeschleudert, sie klatschen auf und zerbersten im Hühnerhof. Die Gackerinnen jubeln. Mit Schlieren auf den Knien kämpfen wir uns durchs scharfkantige Blattwerk, das letzte Indianerzelt hochgezogen. Die Nacht ist ein Tintenmeer. Mitte September werden die demolierten Sommerfüße blütenweiß bestrumpft in Lackschuhe gesteckt.

Hotel Timişoara, Pfingsten 2015. Eine Holzskulptur mit einer Schaltstelle im Knie bewacht den Fahrstuhl. Aufgetakelte Bäuerinnen vor dem Konferenzraum, Monsanto hat zum Workshop eingeladen.
Nach einem Frühstück ohne Fenster flüchte ich auf den Opernplatz. Nackte Wände und ein Paar Stiefel in der Galerie nebenan – ein Projekt des Donaukunstraums. Kein Müll, keine Krümel, keine Bettelkinder auf der Lloyd-Zeile. Die Temeswarer Innere, ausgekehrt.

Von Tauben und Krümeln
Auf dem Opernplatz, Dezember 2013

Ein Toast auf die Tauben, sie sorgten schon immer für Wirbel auf dem Opernplatz. Auch als Sonnengott C. Mensch und Tier ratzekahl vertilgte, ließen sie sich nicht das Gurren verbieten. Heute fällt noch mehr Toast für sie ab, aus dem McDonald's – er wurde quer über den Opernplatz implantiert. Es bröselte Brotkrumen, als ich in Lackschuhen über den Opernplatz turnte.

Nach dem Retroswing letzte Nacht brauche ich einen starken Kaffee. Die Lloyd-Terrasse ist besetzt. Jugendstildurchwirkte Wände, Metaphern bis an die Decke: Das mondäne Retropalais hatte ich als Lackschuhkind nie betreten. Ein schlaksiger Kellner eskortiert mich durch den Ballsaal zu den zu hochhackigen Wojewodenstühlen. Das goldene Lloyd-Logo auf den jagdgrünen Tischläufern ist unverkennbar. Am liebsten würde ich Vater herzaubern, er war Stammgast im Lloyd. Nach der Schwarzarbeit in den Bonzenvillen kehrte er im kleinen Lloyd ein. Im Foyer des Palazzo trafen sich die Arbeiter und Handwerker. Spiel nochmal *La Paloma ade!* Auf den verschwitzten Stirnen der unermüdlichen Musikanten klebte der Vorschuss.

Mit *La Paloma ade* und schmalem Portemonnaie wurde das derangierte, gut gelaunte Malerteam auf den Opernplatz gespült zu den turtelnden Tauben.

Zur rumänischen Variante der Ćevapčići, *mici*, was übersetzt „die „Kleinen" heißt und ganz und gar nicht stimmt, bringt die Sängerin die Schnörkel ins Wanken. Sie heizt durch die Folklore in vier Sprachen. Um die Jahrhundertwende war das Lloyd Treffpunkt der Literaten und Zwielichtigen.

Doch die Charleston- und Ballnächte der südosteuropäischen Nichte waren gezählt. Die Braunen zerfledderten die ausgelassene Federboa, die Nazi-Schickeria tanzte auf den Tischen, der jüdische Besitzer wurde samt Kopf und Kragen ausgetauscht. Der Kellner grinst, mit einem Lloyd-Tischläufer für Vater verlassen wir das Gegröle. Kinder mit struppigen Mähnen und grüngoldenen Augen strolchen um die abgeschirmte Lloyd-Terrasse. Gewaschen und frisiert würden sie die ideale Besetzung in einer Hollywood-Produktion abgeben, als Prinzen und Prinzessinnen aus 1001 Nacht. Doch weder Staat noch Hahn krähen hierzulande nach ihnen. Der Kellner pfeift, sie verschwinden mit den Sommerflusen.

Nach der Zweitlandung in Temeswar, der kulinarischen, zieht
es mich in die Violeta, in die Konditorei gleich um die Ecke. Es-
pressobars, Handyläden haben Kunst und Kondi aus der Inne-
ren verdrängt. Die berühmte Violeta hat den winzigen Goethe-
platz ohne großes Tamtam verlassen. „Wir sind eine Kolonie",
sagt die sympathische Galeristin und lächelt.

Zuckerrosen aus der Violeta

Am mondän geglaubten Goetheplatz glänzen Hochzeits-
verkleidungen im Schaufenster. Die Terrasse ist abgeblät-
tert. Eine Bucklige im bunten Rock scannt spendable Gäste.
„Wer hat dir den Buckel untergeschoben", ruft ein empörter
Gast und reißt ihr den untergeschobenen Stoffballen weg.
Die Frau mit vernarbtem Gesicht und verstümmelten Händen verschwindet mit wehendem Rock. Weder Lüster noch
Stuck, Dorfschönheiten mit falschen Gucci-Taschen belagern
die winzige Violeta. Ihre Begleiter schwadronieren im Niko-
tingewaber. Die Violeta zieht mir den größenwahnsinnigen
Hut, die Herrschaften in abgewetzten Anzügen am Mosaik-
tischchen sind ein Trostpflaster. Das Avantgardemosaik ist
noch am gleichen Fleck, das Tortenrepertoire geschrumpft.

„Opera, Petit Four, Amandine..." – auf Rumänisch klin-
gen französische Törtchen eine Note bombastischer. Erin-
nerungsfetzen wirbeln durch den Gang. Er war immer zugestellt. Mutter schlängelte sich hindurch. Die Spitzenhaube saß
wie angegossen auf der aschblonden Welle, die Frisur leger.
Zwei Broschen mit roten Glassteinen bewahrten die gestärkte Bistroschürze vor Ausrutschern. Geschickt balancierte sie
das turmhohe Tablett. Ich saß auf dem Tresen und löffel-
te Himbeergefrorenes, eine Rarität in den Siebzigern. Auch
heute darf ich meine Nase ins Konditorenreich stecken. Bin
mit Peter K. verabredet, dem letzten Temeswarer Kaffeehaus-

pionier. Eine Brise Reinigungsmittel hat die Karamelllaune verdrängt. Der kleine Chef mit den wasserblauen Augen hat einen riesigen Telefon-Apparatschik am Ohr. Zuckerrosen in Pink, schwerverdauliche Kunst leuchten in der Süßmanufaktur. An verschmorten Wänden kleben Rezepte, Bestellungen. Das Regal ziert eine Cognacpulle und angebräuntes Gebäck. Der rare Tropfen sickerte nicht nur in den Boden der temperamentvollen austro-ungarischen Torten. Die kreativen Zuckerbäcker hatten nicht selten einen sitzen unter der schiefen Kochmütze. „Wir fabrizieren noch", kommentiert Peter mit Josefstädter Gelassenheit. Mittlerweile sind die *Cofés* (Konditoreien) in italienischer Hand. Auch der Altmeister wird mit seinem Sohn ausreisen, die Violeta übernimmt ein Italiener. Wir verabschieden uns im Hinterhof zwischen maroden Heizungsrohren und ramponierten *Bezikel* (Fahrrädern). „Grüß deine Eltern, ich werde sie in Hessen besuchen."

Mit einem Strudel Sprachfetzen aus dem Kaffeehaustrubel, *ööööös* und *Kezét csókolom* (Ungarisch: „Küss die Hand") gondeln wir noch einmal um die Konditorei. Die junge Handleserin schleicht um die Violeta, den Buckel hat sie nicht mehr untergeschoben.

Auf der geschmückten Treppe der Kathedrale, Ausgangspunkt der Revolution, wurde dem Sonnengott und seiner Gattin das Weihnachtsfest '89 verdorben.

Ein Familienfest *la pachet* (im Päckchen)
Im privaten Kaffeehaus im hessischen Obertshausen,
März 2014

Amandine, der Schokoklassiker, hat die Busreise aus dem Temeswarer Konditorenreich ins verschneite Offenbach leicht ramponiert überstanden. Mutter öffnet hastig das Päckchen. Es hat kaum länger gedauert als eine unendliche Reise mit der Elektrischen. Als junge Frau arbeitete sie in der Violeta, der berühmten Konditorei. Der beste Schwarze wurde hier dekagrammweise serviert, die Kaffeebohnen noch auf die Goldwaage gelegt. Heimlich zweigte sie sich ein paar Löffelchen ab. Die ausgemergelten Ballett-Tänzerinnen nach der Nachtschicht im Theater, schweigsame *Fratschlerinnen* aus der Josefstadt, Angereiste aus den Paprika- und Salatdörfern, Gammler, die eleganten *Haberer*, Handleserinnen, Feilscher in sieben Sprachen, Famose und andere Habenichtse kehrten hier ein. Auch Luxuswaren, Plissiertes, Seidiges, Stöckelschuhe wechselten über den Tresen. Nicht nur Feilscher und gut gelaunte Zuckerbäcker gingen im Konditorenreich ein und aus.

Mutter fährt fort: An einem Augustsonntag, es war gerade viel los, rempelten mich zwei Typen in eleganten Anzügen an, sie drängten mich auf die Terrasse, *haida* (auf geht's), schleiften mich durch den Rosenpark. Mein Bauch brannte unter der gestärkten Schürze, ich war hochschwanger, und du mittendrin beim Verhör zwischen lachsroten Rosenrabatten. Vater sollte seine deutschen Kumpel im Dorf bespitzeln, sonst würden sie ihn in einen Unfall verwickeln. Er hat es nicht getan. Mehr wusste ich nicht. Ich begreife nichts. Ihr Tortenmund haucht. Sie ist mir nah. Zuckerrosen verfolgen mich, inwendiger Stoff. Ein *Cofe*-Kind werde ich bleiben.

Das Temeswarer Konditorenreich bröckelt wie eine rostige
Dame, rosig sind die Vorstadtspaliere. Anstelle von Zuckerrosen versüßen Plastikrosen die Schaufenster. Die *Petit-Fours*
und *Operas* sind geschrumpft. Kaffee gibt es nur noch tröpf-
chenweise in der Mokkatasse, aufgebrühter Kaffeesatz.

Die Verkäuferinnen gähnen vor nackten Regalen, das Gebäck ist schnell vergriffen und schwer verdaulich. Wo sind
hier Lebensmittel? Metzgereien sind leere OPs, die Kundschaft halb erfroren und mies gelaunt. Im Schichtbetrieb stehen Generationen Schlange für ein Pfund Zucker, ein Pfund
Fleisch. Durch schmierige Stadtkanäle bahnt sich die Butter
eigene Wege in paradiesische Ecken, in den Delikatessenladen
der roten Aristokratie im schattigen Villenviertel: Die *Parteikantin* steht nicht in den gelben Seiten, sie ist den Parteibuch-
besitzern vorbehalten. Vater hat kein Parteibuch. Ihre Gemä-
cher sollen aufgehübscht werden, ich darf Vater heute dorthin
begleiten. Im Kellerbüro in der Fabrikstadt ist sein Multi-Kul-
ti-Malerteam eingetroffen. Rumänisch-ungarisch-deutsche
Wortfetzen wirbeln die Gurgelleiter hinauf und hinunter. Bei
mehreren Schwarzen mit einem Schuss Cognac moderiert
Tata, der Tausendsassa, die Materialschlacht um Ölfarbe,
Fehlstunden und Wochenpläne. Streitigkeiten werden laut
und malerisch geschlichtet. Scheiße, die sind schon um sieben Uhr grell.

Ich flüchte aus dem verqualmten Büro an die Oberfläche.
Die *Dschanga* spuckt Schichtarbeiter aus, es ist noch Sperrstunde in der Fabrikstadt. Stunden später taucht Vater wieder auf, dynamisch wie der junge Lino Ventura. Wir brettern
im kirschroten Škoda durch Akazienalleen, die Fabrikstadt
versinkt im Staub. In der *Parteikantin*, im *Café Incognito* auf-
geatmet: Bilderbuchverkäuferinnen mit Bega-Wasserwellen

servieren frischen Kaffee. Der Laden steht auf einem Kaffee-bohnenfundament, betörender Duft dringt durch die Mauern. Verkäuferinnen und Schaumrollen lächeln mich an wie in einer amerikanischen Seifenoper, spendieren mir eine Pepsi mit echtem Plastikstrohhalm, kein zersetztes Stroh klebt an meinen Lippen! Herren im Zwirn belagern die Theke, schlürfen Kaffee aus Porzellan, fluchen, scherzen und duzen die blütenweißen Blusen. Heile Welt.

Hinter der Paradiesgasse verdüstern sich ihre Mienen. Sie durchkämmen Bordsteine, Straßenbahnen, die Schafwolle der Pelzmützen. Ein Typ in Uniform rempelt Vater an: *„Mă neamțule"* – „Hey, du Deutscher", sagt er abfällig. Vater wird hier nur geduldet. Ohne Parteibuch gehört man ohnehin zum Kreis der Verdächtigen, das weiß doch jedes Kind. Er windet sich geschickt aus dem Fragennetz, die Ohren aufgesperrt und wieder zu. Der Uniformierte drückt ein Auge zu, heute hat der *neamț* sein Zuckerschnutenkind dabei. Ich darf für mich und meinen Bruder etwas aussuchen. Bitte kein Wörtchen zuviel, Tata. Bin schon verschmiert, die feine Himbeerfüllung tropft aus dem Blätterteig, komm jetzt!

Es ist schon dunkel, die weiß bestrumpften Pappeln spielen Laterne. In der Streichholzschachtel wackeln wir die Straßenbahnschienen entlang. Butterrationen für ganz Freidorf haben Spuren auf meinem Schoß hinterlassen. Vater zündet sich eine an, verliert kein Wort. Mit der süßen Fracht stört mich die Rauchwolke im kalten Škoda nicht. Noch sind die Temeswarer Sahneleitungen nicht ausgetrocknet.

Blech und Schmäh dringen bis in den zehnten Stock des *Hotel Timişoara*, eine Melange aus Trachtenspektakel und Wiener Kaffeehaus, als Familie Strauß noch auflegte. An der guten Adresse auf dem Opernplatz hat Vater vor einem halben Jahrhundert mitgestrichen, gut isoliert ist die Fassade nicht …

Die Donauschwaben sind ausgereist, und an Pfingsten mit der Tuba wieder eingereist. Und ich auf das Treffen des Nikolaus-Lenau-Lyzeums, gleich hier um die Ecke. Muss noch zwei Stündchen bis zur Lesung totschlagen, die Ehemaligen sitzen schon in der ersten Reihe im Festsaal. Mein Sohn sollte die verhassten Hausaufgaben erledigen, der Kurztrip nach Romania ist übermorgen vorbei. Heute ohne mich als Lerncoach, na viel Spaß! Die Marille kocht in der Plastikflasche, ein Mitbringsel aus Ostern, unserer ersten Reisestation. Zum Glück ist sie nicht ausgelaufen auf die Literatur und meinen Seidenfetzen.

Studenten ziehen durch die Stadt, sie feiern. Am 1. Mai hissten wir die Trikolore im Rhythmus der Vortänzer. Unsere Sternstunde war das Neujahrskonzert der Wiener Philharmoniker, Schwarz auf weiß übertragen am 1. Januar ohne Sissis Farbenpracht und ohne Zeitverschiebung. Seidenkleid und Textheft aufs Bett gelegt. Meine Protagonistin, die Elektrische, und ihre Entgleisungen haben mich nicht losgelassen. Sie polterte, spann Erzählfäden um Haltestellen und Rostlauben von Hessen nach Temeswar. Ein Meute gut gelaunter Belgrader belagert die hilfsbereiten Jungs in der Lobby. Hinaus in die pralle Hitze, in Seide gehüllt, mattschwarz, passend zum Temeswarer Trottoir. Es ist nicht aufgebrochen. Der Domplatz ist eine Baustelle. *Dingdong* antworten die Kirch-

26

glocken, ein Klangzauber der Vielfalt. Temeswar will Kulturhauptstadt werden.

Das Krebsspital vis-à-vis lächelt mit aufgefrischtem Teint. Auf dem Heimweg aus der Lenauschule sah das Gebäude wie eine Krankheit aus. Die Elektrische bretterte haarscharf an der ockerfarbenen Mauer entlang, das tut sie auch heute noch. Kam sie nicht, trabten wir los und spähten in spartanische Zimmer, in gelbe Gesichter, ob wir es wollten oder nicht. Wie lange lag die Kettel-Oma hier? Sie schleppte Körbe, schob ihren Salatkarren aus Altfreidorf auf den Josefstädter Markt, bis ihre krummen Beine sie nicht mehr trugen. Ist heute Samstag oder Sonntag? Das Markttor zur *Piaţa Timişoara 700* ist verrammelt. Im Käselabor lacht Schneewittchen mit goldener Zahnpracht aus meiner Gedichtzeile auf dem Josefstädter Markt.

Schon bin ich am Ziel, das Adam-Müller-Guttenbrunn-Haus steht vor mir, willkommen im Fernbahnhof. Im Foyer begrüßen mich die ersten Ansiedler von der Wand. Erschöpfte, fragende Gesichter mit ihren Habseligkeiten und Kleiderschichten bepackt – Wanderung, Rast und Ankunft, das Triptychon des Hatzfelder Schwabenmalers Stefan Jäger. Ihre Nachfahren, den letzten Emigrantenschwung, hat noch keiner gemalt. Sie sitzen im Festsaal in ihrer Tracht oder sie kosmoflitzen durchs Foyer – die Tische sind eingedeckt mit Banater Köstlichkeiten und Emigrantenliteratur. Franz, der Organisator des Treffens, wirbelt durchs Haus. Alles läuft wie am Schnürchen. Das muffelige Personal hat Delikatessen aus Banaterra aufgetischt, Weltmusik plätschert, Rumänisch, Josefstädterisch, Mahlzeit zum Sprachenintermezzo.

Ist ja nicht auszuhalten, raus auf eine *sigara*. Betagte Trolley-Busse stolpern an der Leine. Ein Mercedes mit Stuttgarter Kennzeichen kommt angeschossen, hält mitten im Verkehr á la Romania. Ausgestiegen ist ein Déjà-vu, meine blonde Cousine aus Sacklas im lachsroten Kleid. Der gedehnte Sack-

laser Dialekt durchbricht die Schallmauer und die rumpeln-
den Trolleybusse wie ein Traktor. Zum Teufel, ich muss jetzt
rein. Soviel Herzblut in der *Dschanga*, die familiäre Stimmung im Saal ist ein Genuss, ich muss hier nicht erklären,
was eine Fratschlerin ist. Bin von Haltestelle zu Haltestelle gebrettert, stehend wie ein Schaffner, versessen gegen das Vergessen. Ich hatte keine Ahnung, dass du *Schwowisch* kannst,
dachte immer, du bist ein Stadtkind, wirft Franz Qu in die
Wortbanda. Zwei Freidorferinnen schnattern gutgelaunt los,
Dschanga-Anekdoten: Um fünf Uhr morgens warfen uns die
Fratschlerinnen an der Haltestelle am Park mit ihrem Geschnatter aus den Betten. Sie lassen dich grüßen, Mutter.

Ehemalige, Frischlinge schwingen das Tanzbein im Turbo
der *Vișinată*, sie fühlen sich pudelwohl im Heimatlikör der
beschwipsten Weichseln, mal wild, mal melancholisch.
Gluckguckgluck, Momente. Der Marillenschnaps wird erst in
Hessen probiert.

Welches Stadtherz schlägt zwischen den Zeiten?

Vom Zeitgleis

Die Elektrische ist in Rente
sie kommt ohne Karacho
von globalisierten Netzwerken
gespeist
auf dem gealterten Gleis

sie raunzte im Schienenbett
zwängte sich
durch viel zu enge Straßenkleider
mit aufgekratzter Fracht
an der Haltestelle ausgespuckt
Uniform und Kopfband verrutscht

Zurück in die Josefstadt – ein inneres Korsett scheint Schnörkel und Barock zusammenzuhalten, das Viertel wirkt wie ein verdattertes Schulmädchen mit ergrauten Schleifen. Keine quasselnde Menschentraube, keine Turbulenzen im Straßenknick Ecke Preyergasse. Die gefährliche Straßenbahnhaltestelle in der Kurve schimmert himmelblau. Eine German Bank ist eingezogen. Der Reinigungsmittelladen mit den ewig verschmierten Schaufenstern hat sich in Frischluft aufgelöst. Der Straßenschlauch bewegt sich, die Elektrische Nr. 7 kommt angeschnurrt. Sie holperte nach Fratelia, damals unser Klein-Italy. Bochum auf der Stirn tätowiert, eine Spende nach der Revolution.

Die Wartenden, die Freidorfer Zugvögel, die *Fratschlerinnen* sind ausgewandert ins Land der Freiheit und der zuverlässigen An- und Abfahrtzeiten. Der Josefstädter Markt blüht im Koffer. Auf einer Terrasse rauchende Frau mit Plastikblume. Schulkinder steigen entspannt in die Straßenbahn ein.

Kein Temeswar Temesvár Timișoara ohne die Dschanga. Die Dreier, die Josefstädter Straßenbahn hatte viele Namen und hörte auf keinen: Frühaufsteherin, Elektrische, Dschanga.

Die *Dschanga*
Haltestelle Josefin/Ecke Preyergasse, 1974

Im Klein-Wien des Ostens wurden die Gaslaternen früh eingemottet.

Licht durchflutete die Alleen, elektrisches, schon Ende des 19. Jahrhunderts. Hier war man schon immer schneller. Doch die erleuchteten Alleen und die Ballnächte der südosteuropäischen Nichte Wiens sind gezählt. Ein Jahrhundert später, zu Zeiten des Sonnengotts, ist Temeswar lichtarm, die Allee zwangsweise beruhigt. Schraubt die Gaslaternen wieder an! An geheimnisvollen Tankstellen tropfte Benzin in handverlesene Trabis und Dacias. Das Kennzeichen verriet sie, die Jungs mit den Dreistelligen sind die Privilegierten. Ein Kutscher trottet über die Kreuzung, die Fiakerzunft ist in Temeswar noch nicht ausgestorben. Mein Sieburg-Ota, famoser Pferdenarr, Kinderfreund und Dichter, rumpelt *hoom* nach Altfreidorf, *er hot a Hunger wie a Wolf.* Mit Pferd und Wagen transportiert der Stadtspediteur das Mittagessen in den städtischen Kindergarten, jetzt den verkochten Abfall nach Hause, seine Grunzer gedeihen prächtig. Just an der Kreuzung hat er mehrere Ladungen Pferdeäpfel verloren, einige Fässer sind umgekippt. Er ist nachdenklich und pfeift vor sich hin, auf Didi-Rufe aus den Gebüschen reagiert er mit Peitschenschwung.

Eine Menschentraube hängt in der Kurve. Das gefährliche Stehcafé ohne Kaffee ist die Straßenbahnhaltestelle Ecke Preyergasse. Die *Dschanga, Tramwai,* die *Elektrischi* lässt auf sich warten. Sie hat viele Namen, hört aber auf keinen. Die polentagelbe *Dreier* ist eine Diva, unsere „Number one".

Rosen und Barock haben sich aus der Josefstadt verkrümelt. Ätzende Schwaden dringen aus der *Detergent* (dem Reinigungsmittelladen) nebenan. Nur ein Gerücht kann das Geschnatter im Stehcafé ohne Kaffee sprengen: *deraiat*, sie ist entgleist. Zu Fuß bis nach Freidorf gedeiht und entgleist der Liebesroman. Nitrolackdämpfe, verdünnte Restposten aus der *Detergent* hängen in der Luft. Der Bahnhof begrüßt uns aus dem Hintergrund mit Ruß-Salven. Die Loks aus dem Banater Umland atmen tief durch. Die erste Kippe an der Vorstadtchemie probiert, in dunkelblauen Schuluniformen – recycelte Lumpen, in die dunkelblaue Tinte des Landes getränkt – so schwanken wir über die Gleise. Ein schwungvolles L mit Goldharfe ziert das Logo des Nikolaus-Lenau-Lyzeums am Ärmel mit der krumm eingestickten Nummer für den Zensor. Im Lenau ist der Unterricht weniger uniformiert, unser „Boss" hisst offiziell keine Trikolore. Er schwingt sich aufs Fahrrad, radelt durch Temeswar und tourt mit der Kamera durch Europa. Wie geht das? Amsterdam bei Nacht hat er auf Zelluloid komponiert. In der Aula sitzt halb Temeswar. Seine Dia-Vorträge sind ein Fest.

Sie kommt. Die *Dschanga* naht wie Dschinghis Khan. Ein gelber Punkt schwillt in der Ferne. Bremsen kreischen, Türen fliegen. Der Gesprächsfaden ist gerissen, Freundschaften reißen, gekittet wird morgen. Ruckartig verwandeln sich die Tratschenden in Elektrisierte, sie drängeln sich ins rappelige Ding. Bepackt mit Tüten und Schulranzen, *Fratschlerinnen* mit leergekauften Karren, Lehrerinnen, die Hochsteckfrisur im Seidentuch, die Großeltern mit *Paradeis* und Schafskäse im *Zecker*.

Aus der „Ohnmächtigen Hündin", der „*căţeaua leşinată*", taumeln die Cognacschnauzen. In die angeblich letzte Kneipe vor dem Acker ist auch mein Ota eingekehrt, auf einen Mokka mit Schuss und einen Eimer Würfelzucker für seinen Recken.

31

Madame Stahl schnaubt wie eine russische Lokomotive, Stalins Designer waren am Werk. Die rostigen Türen klemmen, der schwerfällige Reißverschluss hat Macken. Verflogen ist der Wiener Flair, die Fluchfiesta ausgebrochen. Augen auf, einen Sitzplatz ergattern! Im weiten Trägerkleid mit winzigen Röslein darf ich das. Ein müdes Lächeln, ein strenger Blick ist Signal zum Aufspringen, im Blech eingestanzt. Wir rumpeln durchs Josefstädter Nadelöhr, die *Dschanga* streift Häuserfassaden. Hund und Huhn schimmern durch Nylongardinen, die Gemüsesuppe wabert auf dem Küchentisch. Im Rhythmus der Straßendellen einen unfreiwilligen Tango mit Dschango getanzt, vor dem Aussteigen hab ich ihm eine geklebt. Kabel zucken auf dem Haupt der *Dschanga*. Die Elektrische schlenkert in die Neufreidorfer Allee. Sie hustet nicht mehr bis zum Anschlag, die Straßenflügel haben sich geweitet. Die nächste Ladung Uniformen schart sich an der Haltestelle am Universalladen. Karge Maisonettes prangen aus dem Beton wie verwahrloste Pioniere. Die Trikolore bringt Farbe ins Spiel.

Bis die *Dreier* eintrudelt, schwellen Kropf und Kragen. Wir verdrücken Unmengen Eis vom Polarstand, es gibt nur zwei Sorten: Vanille und Schoko im bitterzarten Tschokomantel. Die *Dreier* jagt mit den Aufgekratzten ins Freie nach Freidorf an weiß bestrumpften Pappeln und Rosenrabatten entlang. Schulranzen fliegen, Uniformknöpfe und die Mathe-Instrumente. Als meine Busenfreundin aufheult, Schockstarre. Ein Zirkel steckt in ihrem Scheitel. Bremsen kreischen, der Schaffner ist zur Stelle. Wird sie verbluten? Blass ist sie schon immer. Narkotisiert an der Straße des Friedens ausgestiegen, die aschblonden Zöpfe sind noch okay.

Die Elektrische rumpelt nicht mehr nach Freidorf. Wir schau-
keln ins Grüne, die Straßenbahnschienen entlang. Am Viadukt
halten wir an, in der Idylle umrahmt von Glockengeläut und
Eichen. Im Krawallhof lernte ich laufen, im Schneiderhaus,
oder wie es hieß: Schreiraushaus.

Sprachfetzen aus dem Krawallhof
Das Schneiderhaus am Viadukt, Neufreidorf 1969

Ich steh vor der Tür ihres zerfallenen Schuppens. *„Servustok*
Siggi." Sesam öffnet sich. Aus dem vergilbten Gesicht reckt
sich eine freundliche Stimme. Die Erjei-Tant ist zusammen-
geschrumpft, mit bunten Kleiderschichten bepackt wie ein
Müllsack. In ihrem faulenden Schuppen, im gemütlichen
Durcheinander bin ich willkommen. Schimmelspuren bis an
die Decke, der Petroleumofen schnurrt, die Wärme versickert
in feuchten Mauern, verpufft im kalten Schwitzbad. Mein
Lieblingsplatz ist ein zerfledderter Sessel aus besseren Zeiten.
Vor dem Krieg war die Erjei-Tant eine wohlhabende Madame. Die Mini-Tant, ihre Tochter, ist eine Augenweide. Ab und
zu taucht sie im Krawallhof auf. Sobald ich Parfumwolken
wittere, steh ich vor der ramponierten Tür. Mit rot lackier-
ten Edelfingern, fast jeder beringt, streichelt die Mini-Tant
mein Haar, sie liest mir deutsche Märchen vor. Ich sitze auf
ihrem Schoß, klebe an ihren großporigen Wangen, sauge das
Lippenstiftrot ein wie den Duft von Rosenfeldern. Dem Flair
der Mini-Tant verfallen, will ich weder in unsere aufgeräumte
Einzimmerwohnung ohne Bad und Handtuchgärtchen vor
der schäbigen Haustür, noch in den rumänischen Kindergarten, wo die kratzbürstige Erzieherin, die *Doamna Educatoare*,
keine Miene verzieht und das Stöckchen schwingt.

Im Krawallhof flogen die Fetzen, die trotzigen *Nutzis* strit-
ten mit den *Floricas* um dies und jenes. Telefon und Warm-

wasser waren Lichtjahre entfernt: Verschwinde von meiner Bank, wieder zertrampelst mein Beet, schallte es in sieben Sprachen. Die Türen zugeknallt, bis sie umkippten … Mal interkulti, mal interschuldig. Stoisch schleppte Mutter Wasser vom Brunnen. Die frischgewaschene Wäsche war im Nu rußig, die Eisenbahn polterte im Rücken. Mein Bruder plärrte wie am Spieß. Die Babies wurden in stickige Flanellanzüge gesteckt, kuschelige Frotteeanzüge wurden in der Textilfabrik für die Westbabies produziert. Die Sonn-Tant schenkt mir Frotteefetzen, sie war dort Schichtarbeiterin, und im Krawallhof ein Sunshine Reggae.

Vor dem Schneiderhaus rostete ein blauer Renault Kombi, quer zu den Straßenbahnschienen geparkt. Der einzige Pkw im Viertel war abfahrbereit. Onkel S., Casanova und Mensch, eskortierte die Neugeborenen aus der *Maternitate* ins Schneiderhaus, auch mich an einem strahlenden Augustsonntag. Über den Falschparker regte sich keiner auf. Mal polterte die rabiate *Dreier,* mal ein Besoffener. Auch die Straßenbahnen küssten oder kreuzten sich vor dem Krawallhof in einer Acht, eine rumpelte stadteinwärts, die andere nach Altfreidorf. Ein Pferdewagen, randvoll mit beladenen Fässern, schlenkerte durch Dreckrillen.

„Pass auf deinen Bruder auf, bin gleich wieder da." Mutter schnappt sich den grünen Blecheimer, die Tür fällt zu. Warmwasser aus vergoldeten Hähnen fließt nur in den Stadtvillen. Ein Tagtraum aus der amerikanischen Krimiserie: Mannix' quirlige Sekretärin Peggy schwirrt im zarten Morgenmantel ins babyblaue Bad, ihre Haarbürste ist im Puderkasten gelandet. Stinkwolken explodieren, mein süßes Brüderchen plärrt wie am Spieß. Ich werde dich befreien. Wie dreh ich den Gasherd an? Davon lass ich die Finger, Mutter reißt mir den Kopf ab. Kalt oder warm, Wasser ist Wasser. Das Blech-Lavoir steht doch da. Das kostbare Nass schwappt über den Linoleumboden. Es klatscht ins Blech-Lavoir, im Rhythmus des properen Schreihalses. Sein Gesichtchen ist puterrot, die Babymuskulatur steht unter Strom.

Der Wonneproppen aus dem Bilderbuch brüllt wie ein Monster. Es stinkt bestialisch im Küchenaquarell. Wo steckt nur die Seife? Mit Tränen in den Augen versuche ich ihn zu beruhigen, doch er ist untröstlich. Dummerchen schreit sich leer, mein zittriges Lied hat er weggeplärrt. Platsch!
Da sitzt er nun frisch gebadet im stinkenden Wasser, Kakaoperlen triefen aus den Mundwinkeln, Babyhaut in kaltem Wasser mit einem Blauschimmer, der süße Mund in Plärrposition, die Augen erstarrt, er schreit nicht mehr. Ein Handtuch muss her, das Geschirrtuch tut es auch, es stinkt nicht nur nach dem letzten Abwasch.

Mutter steht vor mir. Ihre grauen Augen schockblau. Sie nimmt mein wimmerndes Brüderchen in die Arme. Eingepudelt in den dicksten Strampelanzug und in fünf Decken lächelt Babyblau aus dem Lockenparadies. Der Windelgestank hängt in den Wänden, ich verlasse die Rutschpartie.

Preußischblau verschluckt himmelblau
Bună dimineaţa, Doamna Educatoare

Wieder mit Herzklopfen aufgewacht, Mutter steckt mich in
die gestärkte blaue Kluft und begleitet mich in den rumänischen Kindergarten neben der Trafik. Es stinkt nach filterlo-
sen Kippen.

Preußischblau verschluckt Himmelblau. Pünktlich um acht
nimmt uns die Genossin Erzieherin, die *Doamna Educatoare*, in Empfang wie eine strenge OP-Schwester ihre Patienten:
alle Kinder des Landes in die gleiche preußischblaue Kluft
geschmissen. Jungs und Mädchen in Kleidern mit eingebü-
gelten Falten, das weiße Kopfband mit zwanzig Haarspangen
festgeklammert. Zerzauste Kindsköpfe werden mit Heldenlie-
dern vollgestopft. Das Freispiel ist verpönt, Striche und Linien
sind ein Must. Als einzige Deutsche und Schiefmalerin hab
ich einen Sonderauftrag: Gedichte auswendig lernen für die
Kindergartenshow. Blasse Käsehochkinder drehen irre Runden, Hops-Tänze mit stoisch eingeübten Schrittfolgen, fest
verschnürt in der Tracht: im kratzigen Wollrock und der *ie*,
der bestickten Leinenbluse. Schweiß tropft aus der Folklorelast.

Nach dem Auszug aus dem turbulenten Schneiderhaus in
die verträumte Szabogasse war ich meinem Traum vom ro-
mantischen deutschen Kindergarten zwei Haltestellen näher
gekommen. Doch es kam anders. In der ersten deutschen
Klasse fehlte noch ein Kind, berichtete Mutter ganz aufgelöst. Also wurde ich kurzfristig eingeschult. Über meine neue
Uniform, bestehend aus einem blau-weißen Karokleid mit
gestärkter Schürze, freute ich mich, ein weißes Kopfband
zierte meinen widerspenstigen Flaum. Der Drill im rumänischen Kindergarten hatte sich gelohnt, mein Rumänisch war
akzentfrei. Die sanfte Stimme der Erzieherin aus dem deutschen Kindergarten in Altfreidorf hatte ich verpasst.

La douăzeci de case – *An der Zwanzig-Häuser-Siedlung*
Oder: Es zischt und faucht

Für die Reise mit der Straßenbahn war ich noch zu grün. Mit drei Gleichgesinnten hampelten wir an ergrauten Stadt-villen mit Rosenrabatten vorbei, allen voran die holzige A., mit dicken Zöpfen. Was wetzt deine Arme an der Regenja-cke, es nervt, brüllte sie mich an mit stumpfem Blick. Der Bahndamm, dahinter das schmucke Neufreidorf, wir haben es fast geschafft. Das Finale im aufgewühlten Gassenmaul: Eine Hütte mit 20 Fenstern, „*La douazeci de case*", ist keine Schneewittchenanlage.

Die Erstklässler nimmt ein Ganove in Empfang, hält mir ein Reptil unter die Nase. Den Schock heruntergeschluckt, die Verdauung kommt später. Teller klappern, Schulran-zen für Schulranzen verschwindet hinter Blechtoren. Das Gezanke verstummt. Ein kurzes Stück mit meiner Busen-freundin. Die Zitronenstraße. Mutter hängt die verschwitzte Kutte an den Nagel, ich falle in einen tiefen Schlaf. Sie paukt mit mir bis in die Abendstunden. Tränen kullern, Laute zi-schen. Nur Susi und ihr Seil verblassten in der Drucker-schwärze, unvergessliche Zischlaute, verfingerte Fibelseiten. Summmmmmmmmmmmm.

Das Puppenmuseum
Strada Păcii, Straße des Friedens

Zu Besuch im Puppenmuseum meiner Tante in der Straße des Friedens.

Schimmelspuren, Fenster bis zum Boden, im Haus meiner Berta-Tant in der Friedensstraße wohnt das Puppenmuseum. Zwar ist sie aus dem Puppenalter gewachsen, aber sie hortet Puppen. Eintreten. Das Zimmer an der Gass ist für Gäste aus dem Westen, Kirchweihfeste und die frisch Aufgebahrten reserviert. Milchglasscheiben, von Ornamenten benebelt. Auf der Türschwelle Schuhe ausziehen. Der Perserteppich schimmert wie eine Nachtkatze. Es ist kalt wie in einer Gruft, der Kachelofen glänzt. Auf der Atlasdecke thront die Puppe, ihr Lächeln, umrahmt von Schillerlocken, im Spagat auf dem mit Daunen hoch aufgetürmten donauschwäbischen Ehebett. Das karierte Twinset sitzt wie angegossen. Die Puppen im Spielzeuggeschäft haben verkniffene Reisaugen und tragen Sommer wie Winter die gleiche Uniform: plissierter Rock und weiße Bluse. Ich darf die *Popp* kurz in den Arm nehmen. Berta-Tant reißt mir das kastanienbraune Lächeln mit beringten Fingern aus den Händen, setzt sie im Puppenspagat auf das Paradebett. Mach doch mal 'ne Kerze, du Prinzessin auf der Erbse. Nachschub für ihre Puppenkollektion bekommt sie direkt aus dem Neckermann-Katalog.

Zum Schutz vor Staub und Krümeln hat sie eine Plastikhülle auf die Atlasdecke gelegt. Eine goldene Armbanduhr schnürt ihr kräftiges Handgelenk ein. Sie ist aus dem Puppenalter und in die Breite gewachsen, backt Torten am laufenden Band. Auf den Böden landen Oetker-Packungen mit exotischen Geschmacksrichtungen aus den Westpaketen. Ohne Torte, ohne Puppe begleitet mich Berta-Tant hinaus aus ihrer Glanzhöhle. Nur einer darf die Puppe mit den Schillerlocken vom Thron stürzen, ihr wilder Enkel.

Pfingsten 2015. Vor dem Eingang zum Dschungel. Ich starre in eine Kloake, ein Hauch vom Szabo-Tümpel, Straßenteich und Abenteuerspielplatz, ein neues Straßenschild: Str. Lămâiţei. Die Lianendächer sind verschwunden, dreißig Jahre Plattenbau gammeln am Ufer. Im Maiswäldchen steht immer noch die Villa, umrankt von Weinreben. Unser Haus ist ins Betonloch gefallen. Der Kirschbaum hat sich in die Plattenbausiedlung ausgesät. Es ist nur eine Straßenwunde, Str. Lămâiţei 1 a.

Die Zitronenstraße
Strada Zitronäi,
Juni 1976

Die Sommerküche schwitzt und die öligen Wände. Harziges Juniparfum, gefüllte Weinblätter in Kapernsoße auf dem Tisch. Das zarte Weinrebengefilde vergeht auf der Zunge. *Kapper* (Dill), das Banaterra-Gewürz, schießt aus rissiger Erde.

S'Morie stellt die prall gefüllte Häkeltasche auf den Fußboden. Vaters quirlige Cousine aus Tolwadin ist eingetroffen, sichtlich erschöpft von der Reise mit der Eisenbahn und der *Dschanga*. Was der Garten hergab hat sie in Zeitungspapier verpackt und mitgebracht. Kein Mucks, kein Ton von ihrem stillen Sohn, der an ihr hängt. Im Bahnhofsstress hatte sie unsere Adresse vergessen. In der Straßenbahn sei ihr ein Licht aufgegangen, unsere Straße heißt Zitrone auf Rumänisch, *Strada Lămâiţei.* Also fragte sie nach der *Strada Zitronäi,* die ganze Straßenbahn lachte. Sie lässt sich auf den Stuhl fallen, löst ihr Altweiberkopftuch, ihre Olivenhaut ist jung, ihre Hände abgeschürft. Mit Kalkrändern unter den Fingernägeln streift sie ihr eingesperrtes Sommerkleid zurecht. S'Morie ist Malerin und auf der Leiter flinker als so mancher Malerkollege. Auch zu Hause. Ihr Mann starrt abends mit hohlen Augen durch den Lattenzaun, tröstet sich mit Obstessenzen.

Es kracht im Stahlschrott, am Bahnhofshäuschen in der Kurve kreischen die Bremsen. Gegen 19 Uhr platzt die *Dschanga* aus allen Nähten, die Nachtmittagsschüler werden ordentlich durchgeschüttelt. Aussteigen. Die polentagelbe *Dreier* schlenkert weiter ins Vakuum zwischen Alt- und Neufreidorf. Müll und Algen türmen sich in der Szabogass, Morast ist Dauergast. Am ausgefransten Ufer bahne ich mir den Heimweg. Unser Straßenteich ist ein stinkendes Fass, gemästet von Novembergüssen. Eine Ratte schaukelt in der lodengrünen Brühe. Es quakt aus Graslöchern, springt, fuchtelt, lurcht und sticht. Insekten. Im Sommer flüchten die Angler aus der Betonhitze unter Lianendächer. Mit krummen Kippen im Mundwinkel und herabhängenden Wangen zählen die Dschungelstatuen Opfer für Opfer. Mein Käsehochbruder kommt barfuß auf *scheppen* Füßen angerannt. Stolz präsentiert er den Anglern sein Ufergewürm in der Streichholzschachtel. Sie schenken ihm *Stiucas*, straßenbraune Miniaturfische.

Es kreucht und fleucht. Die Kinderärztin schüttelt nur den Kopf: „Sie wohnen jetzt im Dschungel." Die Nee-Oma köpft Schlangen, Fortsetzung folgt, sie wachsen nach wie Gras. Die Bewohner der Reptilienstraße sind unausrottbar, kringeln durch Straßengräben zurück in den Garten. Hinterm Plumpsklo gedeiht ein Rosenbusch. Dort wohnt eine Schlange mit blauen Motiven.

Es ist *duschter*. Nee-Omas Schatten taucht am *Voglheisl* auf, so hat sie das Hexenhaus getauft, in ihrem Dorf gab es nur Giebelhäuser. Modriger Pelzgestank kämpft sich durch den Zaun, schwarze Schnauzen mit funkelnden Augen. Sie kommt mir entgegen und ruft.

31. Dezember 1976

Im *Szabo* (unserem Straßenteich) wurde Lehm für die ersten Freidorfer Häuser ausgehoben und mit Kuhdreck zerstampft. Unser Straßentümpel, für mich „Loch Ness", zerrte Badende in seine Untiefen. Im Winter verwandelt sich der Tümpel in eine gefährliche Eisbahn. Er schläft, stapelt Porzellanlandschaften. Eisskelette haben sich ins Ufer gefräst. Ein Test auf dem Eispanzer in Ufernähe, es könnte ja krachen ... und es kracht. In die legendären Untiefen abgerauscht, im heißgeliebten Karomantel aus Deutschland. Tiefer sinke ich nicht, nach einem Ausrutscher auf dem Algenparkett zieh ich mich an einem glitschigen Klotz hoch, in schwerem Mantel. Ist denn niemand hier? Ich klammere mich an einen Ast. Von Kopf bis Fuß eingeschlammt, schütte ich die Gummistiefel aus. Zum Weinen ist es zu kalt, zum Lachen zu bitter. Die Socken quatschen wie überschwappende Teetassen. Ich stecke in einem Mantel aus Wasserblei, übersät mit Karos und Wasserpetersilie. Der Boucléstoff ist ruiniert.

Das Schlachtmesser funkelt im Gras. Ich habe noch einen Auftrag zu erledigen in diesem Jahr. Mit dem eisigen Messer in der Häkeltasche stapfe ich wie ein Soldat durch die Eiskristalle. Den Tümpel schleppe ich mit den Gummistiefeln mit. „Grüß Gott und ein gutes Neujahr", das Schlachtmesser hab ich unter der tropfigen Last übergeben. Eisiger Froschlaich und Sumpfgestank haben sich bis in den kleinen Zeh eingenistet. Nach Hause stapfe ich wie ein Abziehbild. Nee-Oma und Mutter ziehen die nassen Bandagen von mir ab, stecken mich in ein *Barchent-Hemd*, auf Fragen wird gefiebert und das *Szabo*-Trauma am Petroleumofen kuriert. Mein Bruder genießt Narrenfreiheit. Aufgequollene Nudeln tanzen in der Milchsuppe wie flockige Kätzchen. Die Nee-Oma kann das Rühren nicht lassen, am 31. Dezember muss die *Milichsupp* klumpenfrei auf den Tisch. „Hör auf zu rühren, lass die Nudeln zappeln!"

Die Milchpatsche stürzt auf die Blechteller. Kein Aufruhr im Topf. Flockige Milchkätzchen flutschen durch unsere eisige Magenkammer.

Im Fieber zum ungarischen Bariton
ins *Dispensar* (in die Arztpraxis)
Altfreidorf, Herbst 1977

Mit brennendem Schädel, die fiebrige Hand in Mutters Manteltasche, zur Haltestelle. Das *Dispensar*, die Ambulanz zwischen Acker, Urwald und Brache, ist nur eine Haltestelle entfernt. Der weiße Kasten ist in sieben Dschungel eingewaldet.

Der Wartesaal ist leer, das Gewächs auf der Fensterbank tot. Es stinkt nach Desinfektionsmittel, brutalem OP-Gelage. Ungarischer Bariton dringt durchs Haus. Frau Dr. Schandor mit pechschwarzen Haaren steht in der Tür. Mit dem eiskalten Instrument jagt sie mein wild pochendes Herz und die angestrengten Lungen. Sie riecht nach Rauch und *Piramidon,* der Allheiltablette, fischt eine ausgekochte Riesennadel aus der Blechschachtel, jagt mir das Geschoss in den fiebrigen Schenkel. Es brennt. Sie zündet sich eine Kippe an, greift nach dem Rezeptblock, ein Siegelring prangt an der durchäderten Hand. Unleserlich und doch unverkennbar verschreibt sie mir die Penicillinbombe, mit der Kippe im Mundwinkel. Die trottelige Krankenschwester aus der Nachbarschaft wird mir das schmerzhafte Geschoss vor der Frühschicht in den Hintern jagen. Ob wir uns in der Dschungelgasse schon eingelebt haben, fragt die neugierige Schandor.

Hinterm Plumpsklo in der Rosenecke wohnt eine Schlange. Meine Hand verschwindet in Mutters Manteltasche, ich hinke an der Brombeerhecke vorbei. Hier leben die Schöne vom Park und ihre Nichte, Schneewittchen mit Silberblick. Sie ist Erzieherin, eine von der sanften Sorte. Im Morgenrock blickt sie aus der Seide in den Park und in den tannenschwarzen Himmel. Ihr Gatte, Schauspieler am Deutschen Theater, lässt sie im Altfreidorfer Dschungel rumoren, sie schaut ins Glas. Ihre Nichte ist ihr nicht aus dem Gesicht geschnitten. Im linken Auge wohnt ein weißer Fleck.

Wir kippeln auf der ausgeleierten Schaukel im Park, sie schielt ununterbrochen. Ihre Großmutter, die Parkwächterin, haust in einer Holzhütte ohne Wolf.

Wenn der Hahn kräht
Haltestelle am Park – Auf Rüttelkurs in die Josefstadt

Um sieben Uhr steigt die Schöne vom Park in die *Dschanga*. Schlank wie eine Pappel überragt sie die Freidorfer. Zwischen weiß bestrumpften Akazien bewegen sich Umrisse, sie schieben Karren. Aus der Strada Nicolae Filimon auf die nasse Allee. Wie die Heuschrecken hasten die eingemummten Altfreidorfer *Fratschlerinnen* auf krummen Beinen zur Straßenbahnhaltestelle am Park. Die *Dschanga* kommt angeschossen, die dicken Mauern der Alleehäuser wackeln. An der Haltestelle am Park hieven sie ihre Karren hinauf ins Stahlding.

Sie bleiben unter sich, die kleingeblümten Kopftücher ins Gesicht gezogen, die rauen Hände im Schoß, Erde unter den Fingernägeln. Im Karren glänzende Salatberge, randvoll bestückt mit feuchten Radieschen, jungen Zwiebeln, bis in die Nacht in eiskaltem Brunnenwasser gewaschen, gebündelt, von Erde befreit. Rosa und grellblaues Geglitzer, in der Ornamentflut die Orientierung verloren.

Haltestelle für Haltestelle verschlingt die *Dschanga* aufgeräumte Schüler, Lehrerinnen mit reparierten Frisuren auf Rüttelkurs von der Altfreidorfer Stalltür in die Josefstadt.

Endstation Zuckerfabrik
Altfreidorf, 1972

Da, wo die Zuckerfabrik früher stand, ist „Ost-Jamaika", die Endstation der *Dreier*. Nach einem Nickerchen bricht die *Dschanga* aus „Ost-Jamaika" wieder auf in Richtung Nacht und Stadt. Mit den hageren Schichtarbeiterinnen aus der Zigarettenfabrik schlenkert und rumpelt sie über die Schienen. Retour wird sie die letzten Josefstädter Kraken und Krakeeler bringen; Basardeutsch mit Josefstädter Färbung und *Dschanga*-Assonanzen holpern um die Wette.

Heizungsrohre prangen heute aus vergilbten Weiden, wie in einem Science-Fiction-Film – die Geschichte dieses Ortes ist keine Fiktion mehr. Die Textilkästen der italienischen Designer haben sich ins Feld gefressen. Noch gibt es Brachflächen hinter der Endstation, die Erbstreitigkeiten der Emigranten scheinen sich hier zu stapeln.

Fabrikschlote husten in den Mehltauhimmel, die kettenrauchenden Typen lassen sich nicht von ihren Geschäftchen abhalten. Der Exodus hat im abgemagerten Feld Narben hinterlassen.

Zurück in die Innere, im Deutschen Theater
Temeswar, Juni 2015

Bunte Regenschirme schmücken die Straßenzeile, die Straßen-bahn ist verschwunden. Das Deutsche Theater hat sich nicht vom Fleck bewegt. Nach den Straßenlücken und Kirschbaum-erinnerungen fühlt es sich gut an, neben einem alten Freund zu sitzen. Über die schiefe Bretterbühne strömt Weihrauch zu Herta Müllers „Niederungen", eine grandiose Aufführung.

Action in der Sonntagslitanei
und Suppenflüchtlinge

Die Mistfee raucht, die Hühnerpest stinkt nicht mehr, Brennnesseln lugen aus den Zaunritzen. Frostüberzogene Grasspitzen erinnern an die gestärkte Sonntagstracht der alten Kirchgängerinnen. Mit der Winterahnung in den Knochen stapfen sie durch die Altfreidorfer Allee. Meine Nee-Oma ist eine Ausnahme, ich halte kaum Schritt mit ihr. Zehn vor zehn stößt sie die Kirchentür auf, verschwindet mit Rockzipfel und rabiater Stimme zwischen Nacht und Pracht. Die Schwarzgewandeten setzen sich in die angestammten Bankreihen. Ihre Nasenspitzen triefen, ihre Augen tränende Bäche. Das kalte Kirchenschiff strahlt im Kerzengold.

Vor ihnen ist die Mädchenreihe platziert, Angesicht zu Angesicht mit der weinenden Maria. Die Jungs in den Bankreihen gegenüber, im schrägen Blickwinkel, mit der Josefpuppe im warmen braunen Mantel, Stock und Schaf. Wir hüpfen wie Kichererbsen, die angeschmalzten Zöpfe und die Blicke flattern durch die Lilien. Wehe, die Bank kippt. Gegenüber tobt bereits der Bär, die Jungs attackieren das Porzellanschaf mit Papierschnipseln. Maria im kornblumenblauen Gewand umspannt die Kirchendecke. Wie hat der Maler das Kunstwerk im Suff vollbracht?

B. liest die Litanei von der Kanzel. Seine melancholischen Augen hängen über den goldenen Seiten, ich bin ja so verliebt in seinen Mittelscheitel. Schon wieder flattern die Zöpfe und die Köpfe durch die Bank. Die Mumien hinter uns erheben ihre krummen Pergamentfinger. Ich versinke im kratzigen Mantel, die umgearbeiteten Nähte zwicken. Es ist ein Wechselbad aus Kratzwolle und kalter Seide. Generationen von Moden und Tanten überwintern.

Der Pfarrer im karmesinroten Ornat hat sich in der Kriegsgefangenschaft verhakt, wie jeden Sonntag. Die Kantorin prescht in die Orgel, schnäuzt, das Kirchenschiff bebt. Sie hat ihn befreit. Die Sängerinnen fliedern schräge Töne, bis der herrliche Alt der inoffiziellen Chorleiterin sich um die stoischen Bärenstimmen legt.

Die Messe kulminiert im Weihwassergespritze. Puuuh! Schon huschen die Kopftuchzeltfrauen aus den Bankreihen. Sie knöpfen sich die frechen Kindsköpfe vor.

„Grüß Gott und küss die Hand", die Modenschau auf der Flaniermeile ist eingeläutet. Die Jungs aus dem Heim für Schwererziehbare gleich neben der Kirche spucken durch Gitterfenster auf Frisur und Styling aus dem Neckermann-Katalog.

Es ist angerichtet in der Sommerküche. Die Nee-Oma sprintet nach Hause, die Uhr tickt. Auf der Linoleumtischdecke dampft die Hühnerbrühe. Um zwölf Uhr eröffnet sie das Schlürfkonzert, ein nervenaufreibendes Geschmatze. Sie saugt den Saft der Hundertjährigen ein, die ausgelutschten Knöchlein landen im Blecheimer. Mutter trägt kein Sonntagsgewand, sie kocht. Die Suppenflüchtlinge verduften.

Pfuhhh, ein Hauch Mist weht mir um die Nase, Pferdewolken tänzeln am Novemberhimmel. Auf dem Kutschbock thront mein Sieburg-Ota, pelzverbrämt, die stinkende Militärdecke auf den Knien. Mit Pferd und Wagen ist er im Auftrag des städtischen Kindergartens unterwegs. Er feilscht um Lebensmittel, hat weder Wein noch Gold geladen, die Fässer sind randvoll mit Abfall für seine Grunzer. Auf dem Heimweg ist er bei uns eingekehrt auf einen *Appetitivo!* Brr, Rudi, Otas bester Freund bremst in den Dreckrillen. Die Stinkfracht wackelt, wehe sie kippt auf das aufgeräumte Beet. Verschmitzter Blick unter der blonden Strähne, das rechte Auge ruht sich aus in der Schieflage. Schon hat er mir einen Kuss auf die Wange geschnalzt. Er hat mal wieder in Rasierwasser gebadet, Schweißperlen auf der Stirn. *„Ich hob a Hunger wie a Wolf"*, zischelt Ota. Ich lauf schon mal vor ins Haus und warne die Nee-Oma, damit sie die Speis verriegelt.

Ota hinkt hinterher, setzt sich breitbeinig an den winzigen Tisch, knöpft den Mantel auf. Auch die Ölpaprika im Dunstglas ist verschreckt, süß-säuerlicher Duft strömt aus der Speis. Mutter tischt auf im Dauerlauf. *„Na, wu is tei Oma?"* Er wird zum Wolf aus dem Siebenbürger Märchenbuch und vertilgt die letzte *Brotworscht*, die knorrigen Hände hantieren wie Schaufeln. In der Tür steht die zerbrechliche Nee-Oma. Sie ist in mehrere Schichten Flanell eingehüllt. Die beiden siezen sich, die Lage ist angespannt. Reizbarkeiten gibt es genug, den Krieg, den verlorenen Landsitz. Sie verfolgt mit Argusaugen seinen Riesenappetit. Mit dem Handrücken fährt er sich über den Mund. Köpfe und Küche dampfen, sie verharrt auf ihrem „Nee", Ota kontert mit „Noo". Freidorfer und Tolwadiner

Dialekt kollidieren auf Knopfdruck. *„Ihr seid a Sekatura",* faucht sie mit zuckendem Mund. Jedes Warum hat ein Darum! Ein Schnaps muss noch her. Das war's für heute. Mit hochrotem Kopf packt er die Peitsche und wankt hinaus durch den Glasgang in die nasskalte Dämmerung. Vom langen Sitzen ist er noch schiefer. Er hat nicht alles vertilgt und grinst: *„So, jetz is tei Oma wiedich"* – donauschwäbisch ungehalten mit balkanischer Steigerung. Ich bleibe seine Verbündete, auch wenn die aufgebrachte Nee-Oma wieder zittert.

Er hievt sich auf den Kutschbock und schmettert mir ein Bussi auf die Wange. Rudi trabt los mit der wackeligen Fracht, es ist nur noch ein kurzes Stück bis in die Strada Nicolae Filimon. „Di-di, di-di!", ruft Dany, der Nachbarsjunge, und hängt sich an den Wagen. Ota ist *wiedich*, doch er lässt sich nichts anmerken. „Hoooo! Ihr Hartschlechte", zischelt er und schwingt die Peitsche. Mit Striemen auf dem Hosenboden sind die Jungs entwischt. Angekommen. Ota bleibt auf dem Kutschbock sitzen und pfeift. Kettel-Oma kommt aus dem Gartengrund angerannt und öffnet ihm das Blechtor. Boing.

„Wie te aldi Marschanklehre gstorb is, hot te Parre gsacht: Ti gude gehn zuerst. Tan hot te Teltschel Matz me uf te Fuss getreht: Peder, to sei me noch lang nit an de Reih!" (Als der alte Marschank-Lehrer starb, sagte der Pfarrer: Die Guten gehen zuerst. Dann trat der Teltschel Matz mir auf den Fuß: Peter, da sind wir noch lange nicht an der Reihe!)

Die Erinnerung an meinen Ota ist ein ausgeleierter Pullover mit großen Löchern. Ich schaukle in den Dellen, folge den Laufmaschen der zügellosen Erzählerin, Mutter, die Fäden hab ich nicht in der Hand. Horch zu!

Ein Hotzenblitz, Ahnengesichter
Hausen, Dezember 2017

Es knistert. Ein knuspriger Laib Brot gedeiht im lindgrünen Kachelofen. Mutter lehnt sich an den warmen Ofenbuckel. Auch wenn es viel zu mild ist für die Jahreszeit, die Wintertradition ist nicht verraucht. Die Erzählerin kommt in Fahrt, Sätze ohne Punkt und Komma … Ein Berg Ota-Geschichten heizt die hessische Kuschelstube ein. Er war ein Temeswarer Tausendsassa – Kutscher, Pferdenarr, rabiater Spediteur, Freidorfheld und Deserteur. Als die Deutschen nach Rumänien vorrückten, weigerte er sich, auf dem Übungsplatz hin- und herzumarschieren. Für diese Niedertracht verlass ich meine Familie nicht, zischte er beim Verhör und kippte das Tintenfass um. Zur Strafe wurde er nach Finnland verbannt. Sein Mitbringsel aus Skandinavien, ein brauner Wälzer mit Wildbächen, braunen Flüssen, von Kindern und Enkeln tausendfach durchblättert, von Kiki und Rex zerfleddert. Ich hatte keine Ahnung, dass die Wildfibel so weit gereist war wie mein verrückter Ota. Einige hatten aus der Gefangenschaft Gold mitgehen lassen, ihm lagen Bücher am Herzen und Pferde. *„Ti Perd hot er schun imme gern khat."*

Mit Pferd und Helm wurde er 1941 von der rumänischen Armee auf die Krim einwaggoniert. In der Kalmückensteppe lief ihm ein prächtiges Exemplar über die Grasnaht. Er wäre zum Pferdedieb geworden, nur der Kugelhagel hat ihn davon abgehalten. Sechs lange Wochen war er im Schützengraben eingepfercht. Das Schlimmste war der schneidende Wind in

Stalingrad. Zur Geburt seines Sohnes durfte er nicht nach Hause, Sonderurlaub bekamen nur die Bauern zum Säen und Ernten. Im amerikanischen Gefangenenlager auf den Rheinwiesen wog er nur noch 50 Kilo. *„A Freidorfer hot ne zu te Tischler ghol."* In Hessen arbeitete er auf einem Bauernhof, länger als nötig. Seine Frau, die damals zwanzigjährige Kettel-Oma, ließ er allein in Freidorf mit vier kleinen Kindern. Im Winter 1945 wurden die deutschen jungen Frauen nach Russland deportiert. Das befürchtete auch die Kettel-Oma. *„Te aldi Sieburg hot gsacht: Tu holst tai vier Kinne un fierst se vor ti Kommission."* Wir hatten kein Geld, um uns freizukaufen, erzählt Mutter: Sie steckte mich und meinen einjährigen Bruder in einen alten Mantel, setzte ihm eine Babyhaube auf. Den Wintermantel hatte ihr eine Nachbarin geliehen. Meine älteren Schwestern liefen hinterher. So sind wir der Russlanddeportation entkommen. Ota marschierte zu Fuß nach Hause von Frankfurt nach Temeswar. Einige gesellten sich zu ihm, er war ein geschickter Kundschafter. Die Heimkehrer waren Entlassene und Gejagte. Der Hass auf die Deutschen machte sie zu Freiwild.

An der rumänischen Grenze, etwa sechzig Kilometer vor Temeswar, verschanzten sie sich im Graben. Die Grenzler, die Waffen am Anschlag, hielten Ausschau. Als ein Neufreidorfer *„Herrischer"* hustete, verpasste Ota ihm eine Ohrfeige, dann war er still, das war ihre Rettung.

„Es war im Januar 1945, ich war vier Jahre alt", fährt Mutter fort. Ein hohlwangiger Fremder stand vor dem Gartentor, er war mit Büchern bepackt: *„Te Tooti soll hoom geen",* rief ich Mutter zu. Der Krieg hatte ihn verändert. Von den Ersparnissen kaufte er von *„Utviner Wallache"* einen Esel. Er belud ihn mit einem Sack Getreide und marschierte querfeldein nach Sacklas zur Mühle. Das Mehl verkaufte er überteuert an verarmte Kleinhäusler. Die Leute standen an für ein bisschen Mehl, Mutter saß im Waschkorb. Der Fuchs kaufte sich einen zweiten Esel. Doch dieser war stur. Er musste den Esel und die Mehlsäcke über die Utviner Brücke schleppen. An einem Wintertag kaufte er sein erstes Pferd, die Ninja, und einen Pferdeschlitten. Überglücklich zog er sein Gefährt von Fratelia nach Altfreidorf. *„Wieviel fresst a Perd un wievil a Kind?"*, fragte sich Mutter heimlich, die Pferdezucht war eine teure Leidenschaft.

Die Erfahrung auf dem hessischen Bauernhof inspirierte ihn zum Business mit Mist. Er transportierte Mist, baute eine Tür in seinen Pferdewagen ein, die Gülle lief heraus. Die Mistgabel wurde überflüssig. Dem Chefbuchhalter war er ein Dorn im Auge. Ota wurde ins Rathaus vorgeladen. „Es ist unmöglich, so viel Mist zu transportieren." „Dieser Mann hasst mich persönlich", sagte Ota vor Gericht. „Ich hab ihn beim Klauen auf meinem Maisfeld erwischt." Das Klagen überkam den Angeklagten. Drohte der Pfarrer sonntags von der Kanzel, schwoll ihm der Kropf. Er verließ die Messe und schlug die Kirchentür zu. Auf freiem Feld begegnete er einem Betrüger: *„Host meine Motte die letzti Khu aus em Stall gholl."* „Ich denunzier dich bei der Securitate", drohte der Mann. Ota verprügelte ihn. Mutter ist im Wortrausch, der knusprige Brotlaib duftet unterm Leinentuch.

Es war im Januar 1951 oder 1952. Der Sieburghof gärte unter einer Milchglocke. Stimmen polterten am Tor. „Aufmachen!" Zwei Spürhunde in Uniform stellten das Haus auf den Kopf. Dann schneite eine Vorladung herein. Frisch rasiert verließ Ota das Haus, abends kehrte er nicht mehr zurück. Er wurde eingebuchtet, weil er hartnäckig gegen die Kollektivierung protestierte: „Ihr Banditen, das ist legalisierter Diebstahl!" Wer hatte ihn verpfiffen? Die Kettel-Oma klapperte mit uns Kindern die Temeswarer Spitäler und Milizstationen ab.

Den Freigeist, die rebellische Ader, hatten ihm die Hotzen vererbt, seine Vorfahren aus dem Schwarzwald.

Das Prinze-Haus
Vun de Ormutsbanda, te Verpeckte un te Tembiche
(Von der Armutsbande, den Verklebten und Taumeligen)

Mit dem roten Mini-Bezikl aus dem Neckermann-Katalog ist es ein Katzensprung bis zum Ota-Haus. An den Nudelbäumen vorbeigeradelt, die Blüten hingen goldgelb wie Nudeln herab. Wilde Namenstaufe, wären da nicht die vielen Schlaglöcher. Mutters Stimme stolpert hinterher. Die Nudelbäume wurden für die *Fratschlerinnen* und die Schichtarbeiter als Schattenspender gepflanzt. Heruntergelassene Jalousien an der Ecke Strada Nicolae Filimon oder Fischergasse. In Bakowa hatte sich die Reblaus ausgebreitet, die Existenz der Weinbauern zerstört. Einige Bakowaer siedelten in die Nähe von Temeswar nach Freidorf, die Familie Fischer mit drei Söhnen, Hans, Kaspar, Karl, die Wroneks mit ihren Töchtern, die Cratovills. Auf den Giebeln sind ihre Namen, ihr Jahrhundert eingebrannt – Hauswandpoesie. Die Gasse häkelt ihr eigenwilliges Muster wie die exotischen Namen ihrer Bewohner. Aus dem Häuserdurcheinander ragt das zitronengelbe Prinze-Haus. Mir schien es ausgestorben. Ob ein Windhauch die Stubentür öffnete?

    „Bei te Prinzin wors worm, die ganzi Ormutsbanda ist herkum", schwärmt Mutter. Im Krieg verwöhnte die Prinzin Mutter und ihre Schwestern. *„Ti scheeni Resi war's Freila. Nur sie durfte mit der* Popp *spielen. Ich wor es verpeckti un tembichi, hob ti* Popp *terfe onschaue."* Auf dem Quastentisch standen sulzige Pflaumen. Wir krochen unter die kuschelige *Tuchent*. Ota war noch im Krieg. Vor Markttagen brachte uns die Kettel-Oma zur Prinzin. *„Ti Buwe hun mit te Urgrossmotter Zeppelpolka getanzt un ihr uf ti Fies getret."* Ich glaub, ich war vier, hatte mir einen Fächer auf dem Kirchweihfest gekauft, rannte nach Hause und zeigte Kettel-Oma stolz mein Mitbringsel. Sie lag im Bett. *„Stells newes Bild vum Ota"*, sagte sie

müde. Die Prinzin war unsere Rettung. Wo steckt das hutzlige Weiblein mit den großen schwarzen Augen und der krummen Nase? G., ihre Enkelin, schaut aus den gleichen Augen und trägt eine Lockenpracht wie der Schwarzwald. Aus dem dunklen Tann stammten auch die Jehles, die gemeinsamen Vorfahren. Sie wurden ins Banat deportiert. Mutter stellt ein Blech Teiglinge auf den Tisch. Wir sind nicht immer ein Herz und eine Seele, doch Kipfelduft lockert unsere Zungen. Sie streut Kümmel und Salz auf die Kipfel. Sie öffnet die blaue Haustür und wandert vom Mainbogen bis nach Freidorf ins Banater Parallelogramm, nicht leichtfüßig und auch nicht barfuß.

Das Paprikaraumschiff
Otas Schweineschlacht, Altfreidorf 1977

Mit dem Paprikaraumschiff im Sieburghof gelandet. Im vermatschten Hühnerhof balanciere ich auf einem Holzsteg am Misthaufen und der rauchenden Mistfee vorbei, versinke im Dreck vor dem frisch betonierten Schweinestall. Gejohle, Zinnober und klangvolles Gedränge, die Ferkel wetteifern um ihr Zitzenrecht an der suhlenden Saumama.

Noch wird es eine Weile dauern, bis das quirlige Gewusel zu Prachtbrocken herangepäppelt ist. Leere Regale glotzen aus den mageren Stadtmetzgereien. Ende November fällt das Beil. Dann wird am laufenden Band geschlachtet, geräuchert und gebunkert.

Der Schlachtmarathon beginnt, noch bevor der Hahn kräht, mit höllischem Gequietsche, der Oberton peitscht durch Mark und Bein. Aus den *Tuchentwolken* der Daunendecke erst nach der Gräueltat aufgetaucht, die Neugierde und die Samstagsschule jagen mich hinaus in die Kälte. Das arme Schwein liegt abgestochen in der Holzmulde. Es hat ausgequietscht, jetzt wird's ausgequetscht. Eine Schneewittchenszene am frühen Morgen, Schweineblut im Schnee. Hühner kämpfen um schwabblige Innereien, ein Katzenregiment hat sich herangeschlichen. Als ich gegen Mittag auf vereisten Planken durchs Blechtor renne, brodelt rostige Gulaschbrühe im Kessel, und unser Schaukelgestell erdrücken massige Fleischlappen.

In der Sommerküche werden Bauch um Bauch die Schürzen gebunden und die Ärmel gekrempelt: Das frisch gemahlene Fleisch wird in den *Blech-Weidling* gewuchtet. Ob scharf, mild oder fad, liegt am Wettstreit von Paprika, Majoran, Knoblauch, Tageslaune und Promille. Durchkneten ist schweißtreibend, die Kulisse laut, die Ungeschickten werden entlassen.

Die Alten verdrücken sich in den Schuppen, waschen den Naturdarm im kochendem Wasser aus. Hier ist es still, nur die Katzen scheinen sich für den üblen Gestank zu interessieren. Die milchigen Schläuche werden anschließend in die Küche geschleppt und von Meisterhand aufs Rohr der Wurstmaschine gepfropft. Klopfen und Drehen sind ein Muss, am besten synchron, sonst fährt die Wurstmasse buchstäblich aus der Haut. Im Idealfall klatschen ellenlange Paprikawurstschlangen auf den Tisch. Wortschlachten erhitzen die Sommerküche, Marillenschnaps Kehlen und Seelen. Die Gewürz- und Wurstkomponisten stehen auf wackeligen Beinen, Gläser drehen ihre Runden, Visagen entgleisen. Mit messerblitzenden Augen und nervösen Handgriffen wuchten meine Tanten die schweren Tröge zum Abwasch. Es dampft in der zwickenden Kälte. Ich verschwinde im Haus. Der Gang riecht wie eine Salzgrube, Fleischteppiche warten auf die letzte Salzung, morgen fahren sie zur Räucherhölle. Ich verschanze mich ins Stillleben der Bibliothek. Der Kachelofen knistert, die Wurst platzt, das Zimmer raucht mit. Versinke in Degas' apokalyptischen Farbschlachten.

Draußen tobt der Bär. Im Holztrog schlittert die sechsköpfige Wurstpatrouille mit Ota über vereiste Planken ins Gassenmaul. Das Frauenregiment hat das Nachsehen, nicht alle Nachsicht. Schimpfend hinken sie durchs Tor, doch Otas Schlittenfahrt ist nicht mehr aufzuhalten.

Feuer und Flamme
Die unruhigen Salpeterer
Hotzenwald, Januar 2019

Dreikönigssonntag. Heimatlose im Zeitsprung heizen über die Autobahn Richtung Südschwarzwald in den Hotzenwald, den aufrührerischen Salpeterern auf der Spur, den Jehles und den Hubers. Ihre Häuser stehen heute noch im dunklen Tann, ihre Namen sind eingraviert, schwärmt Mutter – mit Leidenschaft und Forschergeist hat sie die Kuschelstube aufgeheizt und die Ahnentafel entfacht. „Du spinnst, Anna …", ein Kopfschütteln geht durch die Verwandschaft. Mich lässt die Hotzengeschichte nicht los. … „*Un tan gspierst te Wind* ", zischt sie, sie wäre gern mitgefahren.

Mildes Schneetreiben. Rickendorf ausgestorben, der Hotzenwald summt im Winterschlaf. Die einzigen Gäste im düsteren Alemannenhof sind wir. Keine Komfortzone für Winterwellnesser. Raus in den milchigen Nachmittag auf den Kirchberg. Den Jehles und den Hubers bin ich auf dem Friedhof begegnet, Mutter.

Der weiße Schwarzwald ruht nicht nur montags. Eingemottet ist auch das *Café Bitter und Süß*. Nach einschläferndem Nescafé ruft der freundliche Hotelier im Heimatmuseum an.

Ein sympathischer Endsechziger erwartet uns vor der Haustür: „Ziehen Sie die Mäntel nicht aus." Der Brandteufel schwefelt im eiskalten Foyer. Der ehemalige Dorflehrer führt uns durch die Ausstellung. Er ist kein Schwafler. Es rumorte im dunklen Tann. Die Salpeterer tüftelten am Brandherd und produzierten Kalisalpeterkristalle, kratzten den Urin von den Stallmauern, die Zutaten für Schießpulver. Sie lehnten sich gegen die Habsburger Krone auf, gegen die Unterdrückung durch das Kloster Sankt Blasien, gegen die Leibeigenschaft. Sie sahen sich als Freibauern aus altem Recht, weigerten sich, für etwas zu bezahlen, was selbstverständlich war, ihre Freiheit. Johann Fridolin Albiez, Salpetersieder und heller Kopf, war ihr Anführer. Die ruhigen Salpeterer dagegen waren mit dem Freikauf einverstanden.

Damit Ruh im Wald ist, deportierte Maria Theresia die Rädelsführer der aufständischen Hotzen mit ihren Familien „aus dem dunklen Tann" in den Morast, ins Banat. Die Jehles, die Ebners, die Hubers, Sieburg-Otas und Kettel-Omas Vorfahren zählten zu den siebenundzwanzig Familien. Ihre Höfe mussten sie verkaufen, um die eigene Verbannung zu bezahlen. Sie wurden durch den Freiburger Dom geschleift, den Männern Ketten angelegt. Mit der Ulmer Schachtel donauabwärts.

Stockwerk für Stockwerk eine aufgeräumte Welt. In der Trachtenabteilung ist die Kurzgeschichte der Deportation im Glaskasten drapiert: ein Hochzeitspaar in Saderlacher Tracht, der Glasschmuck des Bräutigams glitzert opulent, und eine „Ulmer Schachtel" en miniature. Die Kulturbrücke der Trachten, das Heimatmuseum, die Bauernweisheiten, die entstaubten Porträts der Pfarrer – sie hielten die Dorfgemeinschaft zusammen. Das alles zieht an mir vorbei. „Nach dem Krieg ist Geld in die Ödnis geflossen", berichtet der Museumsführer mit gedämpfter Stimme, die Schweizer kaufen sich im Schwarzwald ein. Mit der massiven Einfuhr der Vogelkacke aus Chile ab 1820 implodierte das alte Handwerk des Salpeterers. Präsident Heinemann adelte die unruhigen Salpeterer zu Basisdemokraten.

„Sie hun sich nit hingsitzt un gewuhlt wie die Pälzer." Mutter switcht den Sprach-Kippschalter ins Donauschwäbische. Die deportierten Salpeterer wüteten in der Banater Zwangsheimat. Sie wollten zurück in ihre Bergwelt, im Gegensatz zu den verarmten Ansiedlern, den Donauschwaben. Die Jehles wurden in den Freidorfer Sumpf verpflanzt. Das K.-u.-k.-Management teilte ihnen die kleineren Lehmhäuser am Stadtrand von Temeswar zu.

Raus an die erquickende Schneeluft. Nebel hat Feld und Hügel verschluckt. Vereinzelt schief gewachsene Bäume, auf den Ästen schräg gebürsteter Schneeflor, vom Freigeist der Hotzen elektrisiert. Gegacker und Geplätscher dringt aus unsichtbaren Höfen an mein Ohr. Ein Ein-Ohr-Kater hockt im Fenster, der Wahnsinn und die Legende der unsichtbaren Ahnentafel schwelt im Kopf. Vertäfelte Häuser auf Hügelketten gestülpt. Hier und da eine Eternitverkleidung.

Der einzige Gasthof im Ort ist tot. „Albiez Holzbau" steht auf dem Schild eines verlotterten Hauses, auf dem düsteren Parkplatz rostet ein zugeklebter Mini-Van mit bulgarischem Kennzeichen. Eine stämmige Gestalt kommt uns entgegen, ein Saisonarbeiter, ein Holzfäller aus Balkanien?

Nach der Rutschpartie über verschneite Straßen stehen wir vor dem Kloster Sankt Blasien. Oder dem Petersdom? Die Protzburg, in weißen Marmor gehüllt, vom unruhigen Salpetererruß reingewaschen.

Das Schwarzwaldhaus mit den eingravierten Namen der Hotzenfamilien ist mir nicht über den Weg gelaufen, davon träumt Mutter am lindgrünen Kachelofen. Der Hotzenblitz war am Werk, Gedankenzunder …

Ein Sommertag im Sieburghof: Ota hockt auf dem winzigen Hocker mit nichts anderem bekleidet als der schwarzen *Klothose* und angespanntem Panz. Er schleift die Sense, pfeifend und schnaufend – ein ausgespucktes Hotzenexemplar aus dem Wildererbuch.

Bauern schwingen die Sensen. Ähren recken den Stoppel-Schädel in den Abendhimmel. Uns hat es nicht erwischt. Horizont versackt im Getreide. *Livezile* steht auf dem ramponierten Ortsschild, übersetzt: die Obstgärten. Tolvadia, Tolwadin – das Nest hat viele Namen. Aus der lodengrünen Eisenbahn gesprungen, die Nee-Oma ist mir auf den Fersen. Sie bringt mich in die Sommerfrische. In der Temeswarer Zitronenstraße werden die Wände rausgerissen. In klobigen Schuhen schleppen die Dörfler Taschen, prall gefüllt mit Stadtsachen. Achtung: Steg und Hühnerkacke im Mittagsschmelz. Wir wackeln in die Hühnergasse. Sie hat mich überholt, Garten, Kraut und Unkraut sind unberechenbare Nachbarn. Es stinkt bestialisch. In Sandalen über Kuhfladen jongliert. Der Friedhof lässt den Kopf in die rostige Hitze hängen. Die Dorfextravaganza lungert auf der Bank wie angefaultes Stillleben. Eine Akkordeonstimme schüttelt die Akazie, es ist Uinea-Livi, Nee-Omas serbische Freundin. Uinea-Livi redet kein Blech und lüpft das glitzernde Kopftuch. Ihre Goldzähne blitzen. Die Nee-Oma antwortet mit donauschwäbischem Schwerklang, rumänischen Wortpatzern. Es gibt Neuigkeiten. Spielfreund Schwarzlocke hockt mit einem blauen Auge im Fenster. Hat er doch der Altleutgasse Feuer unter den Röcken gemacht und den Heuschober abgefackelt. Soll ich mit der lallenden Krodi spielen? Sie verstaut die Worte unter der Zunge.

Nee-Omas Haus pflanzt sich ums Eck, mehr Fenster als Leben im Lehm. Der Weingarten hat den Schuppen aufgefressen. Die Weinreben tanzen Tango mit den Wandornamenten im langen Gang. Ich hocke mich auf die Treppe. Zeitungspapier raschelt nebenan. Sie packt die Stadtsachen hastig aus, muss aufs Feld. Auch wenn es nicht mehr ihr Acker ist, Hacke und Hackeifer sind eingepflanzt. Arbeitgeber und Ausbeuter ist die Dorfkolchose.

Sie drückt mir zwei Lei in die Hand: *„Ta host, geh an de Kiosk, koof te a Citro!"* Die Vorfreude auf die prickelnde Ost-Fanta bringt mich in Fahrt. Es zischt im Gras! Eine Kolonie Gänsematronen züngelt mir hinterher, ich schleiche mich an weiß gekalkten Akazienstämmen vorbei. Wie brave, weiß bestrumpfte Schulanfänger stehen sie da vor dem einzigen Schnörkelbau in der Lehmhausgasse. Ein Rohbau. Stechender Ziegengestank strömt aus spinatgrünen Fensterläden. Ein brauner Arm schlägt eine Barriere, Giga-Bacsi. „Ah, Uinea-Nantschis Enkelin!" Grinsen umspannt sein ledriges Gesicht. Er trägt eine Ziegenlederweste auf der nackten Haut. Durch den Ziegenwald werde ich in die Sommerküche gelotst – ob ich will oder nicht. Spinat brodelt auf dem Gasherd, aus der Dunkelheit schallt serbisches Kauderwelsch, blitzen Goldzähne im slawischen Rhythmus. Giga-Néni herzt mich durch den Kopftuchwald. Ihre Stimme poltert wie eine Kirchenorgel. Sie gerben Tierhäute mit Leib und Seele, schieben mir einen Teller Spinat unter die Nase, schreien sich an, schlürfen die heiße Brühe aus Blechtellern. Die Nee-Oma holt mich aus der lautstarken Kulisse ab, mein gelbes Kleid ist eingegrast, die Kniestrümpfe grau. Bis zum Kiosk hab ich es nicht mehr geschafft. Die Tolwadiner Stinkwolke werde ich erst nach einer Kernseifenmassage los. Es dampft auf dem Lehmofen. Die Nee kippt heißes Wasser ins Lavoir, die *Schmecksoof* flutscht wie ein Fisch. Sie reibt meine Haut ordentlich auf, rubbelt mich mit dem Leinenhandtuch trocken und rot. Die Frotteehandtücher werden für das Feiertagsbad geschont. Sie liegen zusammengefaltet im hohen Kasten. Fernseher gibt es nur einen im Dorf. Die Westernstars ballern in der Kuchel der Bolds. Aufgeregtes Kauderwelsch platzt in den coolen Slang, die Kinoreihen sind aufgebaut und gut besucht. Wir starren auf die braun umrahmte Miniglotze, Marke DDR, der Gong ist die Kuckucksuhr. Die Kredenz leuchtet wie die Mojawe-Wüste.

Heuhaufen kitzeln den schwarzen Himmel. Die Heimkehrer vom Feld sehen aus wie rostige Krieger, ihre Hände mit schwieligen Polstern baumeln träge. Mit aufgeschürften Knien toben wir im Straßengraben, bis wir umfallen.

Ein balkanisches Fahrtenbuch
Habar n-am – habe keine Ahnung
Sommer 2001

Angereiste Ausgereiste. Jebel passiert, berüchtigt für die Nervenheilanstalt. – *Habar n-am*, wie das nächste Nest heißt. Die brüchige Biografie hat mir die Route nicht gegoogelt. Ein Kirchturm aus Blech und noch einer bröckelt im Stein. Klingklong, die katholische *Kerich* ist ausgekehrt. Jaulender Fluchtschweiß im Gemäuer, Tauben gurren. Sie sind abgereist. Ein grüner Streifen, der Banloker Wald, vollgestopft mit Rebhuhn und Fasan, idyllisch und staubig, k.u.k.o., lukullisches Jagdrevier meiner Kindheit. Augenschmeichler, Landstraßen abgespeichert. Immerfort Winter und Staub. Der Pflanzer-Ota erledigte Has und Fasan im königlichen Forst, Nee-Oma zauberte daraus harzige sauri Soß, die Weinglocke gärte. Schneespur im Kopf. Als Knirpsin im Dorf der aufgeweichten Straßen. Nachrichten rauschen. Otas Ohr hing am Tesla-Radio. Seine Flinte hing im speckigen Magazin. Er hatte Kopfweh, rauchte krumme Zigaretten, die aussahen wie alte Männer. Er hustete, der Gulag hatte ihm die Lungen verstaubt. Redete kaum, kotzte sich nie aus.

Kein Stau. Männer mit Strohhut auf der Bank, Häuser ohne Vorgarten – Banlok, die schnörkellose rumänische Gemeinde ziert das Schloss des ungarischen Grafen. Es war einmal ein Waisenhaus. Kinder sah ich nie im Hof. Sie warteten in vergitterten Zimmern auf Besuch. Aus dem langstieligen Zaun wogte ein Wirrwald für David Copperfield. Klapperdieklapp. Durchgeschüttelt wie im Kompottglas rumpelten wir im Bus aus Deta durch die *Banlieu*. Dörfler hielten ihre Stadtsachen fest. Mit durchäderten Schaufelhänden packte mich die Nee-Oma an der Hand, ihre sorgfältig verpackte Tasch in der anderen. Im verschwitzten Sonntagskleid, die Kniesocken verrutscht, die Haxen verhakt. Das letzte Banloker Haus verschluckt. Staubwolke, ein Bus. Der Weiher am Dorfrand entrümpelt. Blasse Frauenkörper nahmen ein geselliges Bad in rosa *Budies*, die pludrigen Beinkleider, schwappten aus dem ungarischen Wörterbuch zu uns nach Tolwadin, Tolvadia, Tollwut. Das Dorf hortet Namen und Sprachen wie verhedderte Krautwickel. Wortlos auf der makellosen Straße, Pusteblume. Ein lumpiges Eckhaus mit Zwergenfenstern schaut mich an, im Hof knäueln Kätzchen. Der *Hambar* gelb bis unters Dach vom Kukuruz, vergammeltes Raupengold. Einen Haber hab ich hier nie versteckt, Schwarzlocke verdroschen. Eine Verhutzelte steht im Gartentürl, wie gerufen. *Bună ziua.* Ah, die Enkelin der Uinea-Nantschi! Schlaksig wie die Nee-Oma, im ausgebesserten *Scherzeklood* und Kopftuch im Piratenlook, die Bolois, wie die Nee-Oma sie nannte. Haus und Hof und Garten wurden ihr zu viel, sie verkaufte das Anwesen an eine Großfamilie aus der Moldau. Geschrumpft ist auch der lange Gang. Das schief gewachsene Rückgrat des Hauses war eingebettet in die Bronchien des Weingartens. Die Bolois hat die Luftigkeit der Weinreben hinter milchigen Glasscheiben erstickt. Ornamente tanzten an der Wand, Wind küsste den trägen Banater Puls wach. An Sommertagen tauchte die Nee-Oma den Steinboden in Ochsenblut. Ich tänzelte barfuß über das feuchte Steinfeld, wetteiferte mit dem Schrittklang. Abends schauten meine Zehen blutverschmiert aus den Sandalen. Im Spätherbst hauchten die Göttinnen der Kälte durch die Stützmauern. Hühner folgen uns in die gute Stube. Die Nee-Oma hätte ihnen einen Arschtritt verpasst. Aus vergoldeten Rahmen lächeln schüchterne Blicke aus starren Gesichtern mit Pionierfrisur. Das zarte Persönchen hat ein Dutzend Kinder zur Welt gebracht. Sie lebt hier allein wie damals die Nee-Oma. Die krummen Wände mehrmals überstrichen, ein balkanisches Farbenmosaik. Der Lehmofen mit dem verkleckerten Gesicht steht noch am selben Fleck. Die Nee-Oma fütterte ihn mit Maiskolben. Sie war keine Geschichtenerzählerin, dafür zauberte sie tellergroße Märchenlandschaften. Fettige Teigsuppe glänzte im *Weidling*. Die Pampe kippte sie aufs heiße *Kalleteeise* (Waffeleisen). Wolf und Rotkäppchen waren darauf eingestanzt. Ein Erbstück vom Frekot, Nee-Omas Großvater. Ich verschlang den knusprigen Wolf und das luftige Rotkäppchen dazu. Die blasse Heilmanns mit dem Nonnengesicht huschte zu ihren Nachtkatzen. Die Märchenstunde endete im Stubenrauch. Der hart gefederte Rosendiwan stand vor dem Fenster. Der Ölschinken an der Wand bot keinen Siesta-Anblick: ein Wilderer und Jäger im Nahkampf mit weit aufgerissenen Augen. Soviel Sehnsucht nach Wald und Wild im Banater Nest, der Puppesepp aus Johrmark hatte es in der Verbannung im Bărăgan gemalt. Vater schenkte es seinem Vater, einem leidenschaftlichen Jäger. Die Singer-Nähmaschine blitzte in der Ecke. Nee-Oma ratterte Unterhemden und Hauben aus *Barchent* mit türkischem Muster, die Tag- und Nachtwäsche zum Drunter- und Drüberziehen permanent durchgeschwitzt. Nach der Kollektion aus Altweiberflanell stand ich mit meiner Puppe Schlange. Im zugigen Haus war warme Kleidung bitter nötig. Die Schere mit dem eingestanzten Storchenpaar ritschte und ratschte durch ostergrüne, karierte, arrivierte Stoffreste. Sie tüftelte daraus Röcke und Hemdchen mit aufwändigen Paspeln und Leisten, nähte winzige Druckknöpfe an die Kleidchen. Wenn eine Nadel brach, garnierte sie meine Puppenstube mit ungarischen und rumänischen Flüchen. Im hohen Kasten im Zimmer an der Gass regierte die Farbtristesse eines Bankiers. Der Duft der Tuchblumen aus dem Temeswarer Stoffparadies lüftete nicht die Tolwadiner Kniekehlen aus *Bumbac* – die rumänische Wortbombe für Baumwolle.

Bewegte Tarnfarbe in der Ecke, ein Knäuel Kätzchen. Hühner torkeln durch den Gang. Noch ein Schnappschuss mit der Bolois und ihren wuseligen Mitbewohnerinnen. Noch eins mit ihrer Glitzerkopftuchfreundin mit Fahrrad auf der

Gass. *Habar n-am,* wie viele Sommerferien ich im langatmigen Eckhaus verbrachte, sie haben sich in mir verpflanzt wie die Weinreben.

Herrenlos
Abgereiste, Angereiste
Dorf der aufgewühlten Straßen, Sommer 2001

Eine Unbekannte gammelt im Dorfherz – das Herrenhaus, Vaters Geburtshaus. Das ist doch ein Witz. Mist- und saure Milchschwaden steigen auf, im südlichen Hausflügel hat sich die Kolchosenmolkerei eingenistet. Aus Nee-Omas Mund wilderten Worte wie Disteln, ungarische, rumänische, sie schimpfte sich durch die Sprachen des Banats an der fremden Dorfmitte vorbei. Am Lehmofen erzählten sich die Nee-Oma und Mutter das Familiendrama. Ist das ein Witz? Über Nacht wurde die Nee-Oma mit Kind und Kuh aus dem Haus geschmissen, Vater aus der Kindheit deportiert. Sie kamen in die südrumänische Bărăgan-Steppe, zwischen Erdloch und Wind, nur Himmel und Riesendisteln, kein Kinderzimmer, kein Kind mehr. Im Bărăgan gruben sie sich ein Erdloch. Disteln, Schafe und der raue Steppenwind, ihre herumstreunenden Nachbarn. Als Kind betrat ich nie das Herrenhaus. Es gehörte der Partei, sie hatte sich auch in Vaters Kinderzimmer eingenistet.

Heute zu Besuch im Herrenhaus, Emigrant im Emigrantenland. Ich stehe auf der Treppe, klopfe an die Tür einer Arztpraxis. *Bună ziua*, die Frau im Arztkittel reagiert unwirsch. Gezwungenes Lächeln. Wir möchten nur kurz reinschauen, einen Hauch Familie, Wurzeln spüren, ein paar Schritte durch ein eingebranntes Album ohne Inhalt. Wo stand die Bibliothek, deren Wälzer ich nie zerfledderte? Im Haus der Nee-Oma gab es keine Bücher, nur eine Schatulle mit Postkarten.

Die Fremde begleitet uns durch den weiß gekalkten Gang, wir wandern inwendig, erzählen uns das Haus und die auswendig gelernte Geschichte. Vier Brüder hatten das Anwesen samt Schulden geerbt, sie bewohnten es mit ihren Familien. Wir stiefeln hinaus in den verwilderten Hof.

Im mittleren Häusertrakt wohnte Vaters Bruder mit Familie. Ich erinnere mich an die Tante mit den hervorstechenden grellblauen Augen, sie war Malerin. Die nächste Tür ist auf Empfang. *Birt* (Kneipe). Männer in Pullover halten sich auf wackeligen Beinen, der Raum schummerig wie die trüben Gestalten. Hochsommer im Kopf, Whiskey im Regal, *Zuika* im Hirn. Sie grölen: *„Afară nemților"*, Raus ihr Deutschen!

Wieder raus. Nee-Omas Flüche schwallen, ich habe einen Kloß im Hals. Nur noch auf einen Sprung zu dir auf den Friedhof, eine Zitterpartie durch die Affenhitze, im Sprint durch die Hühnergasse. Schwarzgewandete Frauen kommen uns entgegen. Üppiger Dialekt, eingelegt im Dorffleisch. Die Federn fliegen, Gänse plustern sich auf. Friedhöfe bleiben Heimat, Zorn gedämpft, Eidechsen sonnen sich vor der winzigen Kapelle. Sie sieht aus wie eine rostige Stahldose. Plastikblumen schmücken die Grabgärtchen aus Beton für die Ewigkeit. Wer soll gießen? Die Friedhofsstatisten, die die Toten am Leben halten, sind ausgestorben oder ausgewandert. Die Gruft am Eingang ist mit Moosbuckeln überwuchert. Unsichtbare bewachen das Steinreich.

„Kumm, mir gehn uf te Friedhof!" Mit Schaufelhänden packte meine Nee-Oma die Gießkanne und mich an der Hand. Ich hüpfte über die Absperrung, lauschte, ob der Dorfadel in der Unterwelt tafelt. Junge Frauen lächelten im Stein, ein streng dreinblickendes Ehepaar, die Alte unterm Kopftuchzelt. Wieso sterben Kinder? Ich durchforstete das Namenslabyrinth, hüpfte ins Reich der Schnörkel.

Eine Weizenähre leuchtet im schwarzen Marmor, eine Bauernbrosche in Stein gemeißelt. Auf dem fremden Friedhof in Hessen habe ich dich selten besucht. An Allerheiligen stellte Mutter Chrysanthemen auf den Küchentisch für die Grablosen im Industriegebiet. Auch dort wohnst du nicht mehr. Vater und Mutter haben dich umgebettet. Die Aktion sorgte für Furore im rumänischen Obstgartendorf. Tata hat alles organsiert. Im alten Mercedes eskortierten sie deinen tonnenschweren Grabstein nach Tolwadin. Deutsche Autos halten was aus.

Wenn der Herrgott sieht, wie du über die Gräben springst! Ich setze mich auf die Steinhaut. Dein Ordnungsgeist hat Haus und Hof verlassen, dein Durcheinanderdorf besitzt eine Straße aus Asphalt und das Herrenhaus ein neues Dach. Dein Weingarten hat sich bis nach Hessen verästelt. Hast dich immer so abgerackert. Der altrosa Bahnhof hat seinen Geist aufgegeben, die Fenster eingeschlagen, Sandperlen glitzern auf dem Boden. Der Himmel berührt die Erde wie ein bodenlanges Abendkleid. Aussteigen, losrennen!

Er hängt nun in meiner Rumpenheimer Sommerküche, umrahmt von Paletten aus echtem Vintage, eine implantierte Haltestelle aus der Familienbibliothek. Bahnhof als Kunstwerk. Im Mietwagen mit Belgrader Kennzeichen rollen wir aus dem Dorf der glatten Straßen. Die Mär vom Herrenhaus haben wir nicht entschlüsselt, Vater hat sie sorgfältig im Deportationsordner eingelocht. Otas entrissene Grundbuchseite wurde nicht wieder eingeklebt.

Im hessischen Wohnzimmer: opulente Einblicke in Banater Herrenhäuser dank Global-TV. Vaters Geburtshaus in der Glotze, das marode Dach neu eingedeckt. Ein *Märzchen*? Ein englischer Graf hat das Anwesen rechtmäßig unrechtmäßig erworben.

Vater legt den Deportationsordner auf den Tisch, breitet die Handskizze aus. Großvaters Grundbuchseite wurde einfach herausgerissen. Verwandte haben mitgemischt und die Staatsanwältin mit Beigeschmack. Otas Existenz ein zweites Mal annuliert. Es ist an uns vorbeigeschehen. Nach der Revolution.

Dann verschwindet Vater mit dem Deportationsordner im Kellerbüro. Weinfässer gären. Vogelgezwitscher. Heute ist der achte März, Internationaler Frauentag.

Auf der Suche nach Großvaters Gebiss wackelt ein Klapperrad nach Dolatz. Das Nest liegt im Schlund der Weizenfelder. Mein Cousin verbringt dort die langen Sommerferien bei seinem schnapsbrennenden Ota. Er kommt angeradelt, nur bekleidet mit der schwarzen *Klothose*, ein jämmerlicher Anblick. Er lauert mir auf, foppt mich in der Sommerküche, dann macht er sich grinsend aus dem Staub.

Der Eiserne Vorhang ist Geschichte. Die Flucht einer Fest-Gesellschaft in den Siebzigern beflügelte mich als Kind der Ceauşescu-Diktatur. Die spektakuläre Idee hatte der Dolatzer Dorfpfarrer.

Von Grenzgängern, Grenzlern und einem mutigen Dorfpfarrer

Kerzengerade wie ein K. u. k.-Husar hält sich das Bahnhofshäuschen über den Goldrand. Ein Paar Strohhüte bewegen sich träge im Weizen. *Livezile,* steht auf dem ramponierten Schild. In *Livezile,* im Dorf meiner Nee-Oma, im Weizengedränge ist die Eisenbahn fast am Anschlag einer Weltreise. Im Schatten der Obstgärten schlängelt sich ein grüner Streifen, unsichtbar, lauschig und schwerbewacht: die Grenze zu Jugoslawien. Am balkanischen Andreasgarten plätschert die Berzava entlang. Den Grenzfluss hab ich noch nie gesehen. Ist er eine Sage aus dem Niemandsland?

Am Horizont steht eine unsichtbare Wand. Sie verfliegt nicht mit den Jahreszeiten, sie bleibt eisern und schlägt den Zugvögeln die Tür vor den Flügeln zu. Die Aussicht in die Freiheit ist lückenlos bestückt mit Stacheldraht und Grenzlern. Rumänische Grenzler sind keine Spaßvögel.

In Livezile ist niemand zugestiegen. Die Eisenbahn rattert noch nach Gier und Gad. Nach den Nestern mit den exotischen Namen ist Endstation. Rumänien ist kein Ziel für Weltreisende. Es raschelt im Maiswald. Ende August steht der Mais hoch.

„Sie sind durchgegangen", flüstert das Dorf.

Die Schnapsidee

Ringsum nur Himmel, heiße Windzungen und Baba Jaga – das altrosa Bahnhofshäuschen mit eingeschlagenen Fenstern. Am Feldrand wirft sich Klatschmohn in Fetzen. Nach Dolatz, ins Nest ohne Bahnstation, führt nur ein Staubweg. Obstwinde entladen sich über abgeräumten Feldbetten. Marillen und Damaszener Pflaumen heißen die aromatischen Botschafter aus Dolatz. Die Dolatzer beherrschen die Kunst vom Dunst.

Leidenschaftlicher Schnapsbrenner ist auch der Pfarrer. Er sei zu unkatholisch, zu alkoholisch, und die Sonntagsmesse viel zu kurz, schimpfen die Frauen unter ihren Kopftüchern. Während im Tabernakel noch Weihrauch qualmt und das Baby im Taufbecken plärrt, trifft sich ein feuchtfröhliches Völkchen im Nachbarhof. Fruchtfliegen kreisen um Blechkanister mit köstlich dampfenden Zwetschgen. Die Milizkappen hängen schief. Auch die gefürchteten Grenzler grinsen, saufen und lassen die Flaschen im Schatten kreisen. Dolatzer Raki solidarisiert. Ängstlich und zornig recken Frauen die Köpfe durch den Lattenzaun. Das billige Zeug aus der *Alimentara* (Lebensmittelladen) brennt wie Spiritus von der Magengrube bis ins Hirn. Den Feierabend begießen sie mit echtem Raki. Die leeren Flaschen stellen sie auf den Torpfosten.

Grenzler und Dolatzer schießen gemeinsam auf Flaschen und Tauben oder einfach so in die Luft. An ihrem Arbeitsplatz zwischen Wald, Wiese und Berzava-Geplätscher schießen die Grenzler nicht zum Spaß auf Tauben, sie schießen auf Ausreißer. Wen sie erwischen, führen sie im Dorf vor, am liebsten pünktlich zum Mittagsgeläut, damit es Groß und Klein, Jung und Alt mitbekommen.

„Nichts war heute los, keine Ausreißer, keine Schüsse, und ich hab keine Prämie kassiert", krakeelt ein Grenzler unzufrieden. Erst letzte Woche ist uns ein Paar am Krakenwald entwischt, lallt sein Kumpel.

Der Raki hat die Zungen gelöst ... Der Dolatzer Pfarrer spitzt die Ohren, tänzelt wie Rumpelstilzchen um den wortseligen Grenzler.

Eine undichte Stelle, ein Schlupfloch, das kann doch nicht sein, oder doch? Wer kann mal nachsehen am Krakenwald – das ist doch glatter Irrsinn ...

Einige Monate sind vergangen. Ende August steht der Mais hoch, und die Zwetschgen sind reif. Die Dolatzer sind in Feierlaune, das Kirchweihfest steigt auf dem Dorfplatz.

Gegen zwei Uhr nachts ist der staubige Platz wie leergefegt. Tänzer und Tänzerinnen haben sich ausgetobt. Die Tuba ist verstummt, nur noch das Akkordeon leiert. Als der Sänger vom griechischen Wein nur noch kippte, die schwarze Paloma den Taubenschlag verließ, die Verliebten sich verdrückten, gingen sie durch, ohne Talar, ohne Rucksack, ohne Kirchweih-Hut, ohne Servus, im verschwitzten Jerseykleid durch Wald und Wiese durchs Hintertürl nach Europa.

Am Kirchweihmontag ist er nicht in seinen Talar gestiegen, die Kirchglocken sind verstummt. Die Trachten hängen an der Wäscheleine.

Sind ihre stolzen Trägerinnen ausgeflogen?

Die Milizkappen auf den roten Schädeln sitzen streng! Uniformen durchsuchen Heuschober, sie treten den Lattenzaun und die Münder mit Fragen ein, stellen volle und leere Flaschen auf den Kopf. Die Dorfjugend und der lustige Pfarrer sind verschwunden. Das ist kein Witz.

„Reißt euch zusammen, schließt die Münder, die Türen."

Großmutter behält den kühlsten Kopf. Sie schleicht sich in den Tanzsaal, holt den geschmückten Kirchweih-Hut ihres Enkels nach Hause, räumt das teure Stück auf den hohen Kasten.

Haben sie es geschafft? Heute kein Lebenszeichen, weder morgen, noch übermorgen, noch überübermorgen. Sitzen sie im jugoslawischen Knast in der Vorstufe zur Freiheit, offiziell zur Identitätsprüfung? Es könnte ein gutes Omen sein. Frei sind sie erst, wenn sie in den Zug nach Nürnberg steigen.

Der Herbst hat sich ausgeregnet. Immer noch kein Lebenszeichen. An welchem Ufer der Berzava sitzen sie fest? Wer hat gezwitschert? Wer hat sie gefasst? Novemberzungen dösen. Mütter raufen sich die Haare, sie fallen aus. Brennnesseltee soll helfen, schwört Großmutter. Sie reißt Brennnesseln aus, kocht Sud gegen Haarausfall und Pflaumenkompott für ihren Enkel im Kopf. Rosa Satinbänder schimmern im Dreck. Der Rosmarinstrauch, das Banater Kirchweihsymbol, verkümmert im Hof. Der Trachtenzug trug den mit bunten Bändern geschmückten Rosmarinstrauch durchs Dorf in die Kirche zum Fest.

Es ist zu spät. Herbst. Sie hat ihn nicht mehr eingepflanzt. Die Kinder sind fort.

Die Schnapsbrenner schwanken von Kanister zu Kanister. Dorfdrosseln im Nebel, der Heimweg ist riskant. Gelegentlich fallen Schüsse, Tauben stürzen vom Torpfosten.

Großmutter steht am Lattenzaun, jeden Tag zur gleichen Zeit. Der Postbote schiebt das *Bezikel* über die aufgewühlte Straße. Er reicht ihr eine Postkarte durch den Lattenzaun – das lang ersehnte Lebenszeichen aus dem Nürnberger Durchgangslager. Sie haben es geschafft.

Sie holt den Kirchweih-Hut vom hohen Kasten, um ihre Nase weht ein Hauch Rosmarin. Mut und Verzweiflung sind ein Paar. Eingeweiht hatte er nur sie. Zum Abschied nähte sie ihm eine Brusttasche für die Papiere.

In jener Kirchweihnacht sind fünfzehn Trachtenpaare durchgebrannt, allen voran der stocknüchterne Pfarrer. Seine Schnapsidee war überreif, geplatzt ist sie nicht.

Eingemummt sitzt sie im zugigen Fenster, starrt auf die aufgewühlte Straße. Es zieht durch die Ritzen. Rastlose Ameisen schleppen Kalkkrümel durchs Fensterhaus. Die Fünfjährige magnetisiert den Buchstabenwald hinter der Dreckstraße. Aus dem Schaufenster der Buchhandlung gegenüber flimmert ihre Lieblingsgeschichte: das Mädchen Bibi mit den Comicbeinen und dem blauen Schweinchen. Die beiden trennt nur ein Matschmeer. Bibi thront auf dem Buchdeckel mit übergeschlagenen Beinen, ihr Kleid stechendgelb vor Ungeduld. Sie wartet auf ihre lesehungrige Freundin mit der kratzbürstigen Haube aus Altweiberflanell. So wird die Kopfhaut geschont.

Die Nee-Oma kommt in Patschen, den gestrickten Dorfballerinas, hereingesaust. Ein Hauch von Mist weht durch die Stube.

„Ich will in die Buchhandlung zu Lissi-Tant!"

„Nee, es ist eiskalt bei der Lissi", antwortet sie barsch.

„Zu allem sagst nee, du Nee!" Der Kindskopf glüht, reißt sich das kratzige Stück vom Kopf und springt auf den Fetzenteppich. Der winzige Nee-Mund wirft sich in Plissees, kippt Schimpfworte in die Stube, Abwaschwasser in den Hof. Bald bekomm ich einen Babybruder, er schläft noch unter Mamas Wolkenbauch. „Was wollen wir jetzt spielen?", fragt die Kleine die kalkige Wand, nass wie ein Baby. Mama und Temeswar sind weit weg. Sie würde mir vorlesen, mit mir Wolken- und Herbstlieder summen oder beides gleichzeitig. Die Nee singt nie. Hier zwitschern nur die Schwalben in den steilen Nestern im Gang. Nichts darf liegenbleiben, die Arbeit hat ihr den Gesang weggefressen. Wenn sie umgräbt, gräbt sie matschige Erdlieder. Sie stapft in Gummistiefeln aus dem Gartendreck zurück in den Hühnerstalldreck. Im Spätherbst färben sich ihre knorrigen Hände lila. Leuchtende Traubenaugen klatschen schmatzend in den Eimer. Fallobst verkocht die Nee zu köstlicher Marmelade für Palatschinken. Die Ramponierten landen im Fass, brodeln im Keller, bis die Schnapsepidemie ausbricht. Die Nee hat keine Zeit, um mit mir zu klatschen. Sie klettert in ihr Fensterhaus, stochert in den Ritzen, beobachtet den nächsten Ameisentransport. Befühlt ihre Kniekehlen, zieht Laufmaschen. Im Dorf der aufgeweichten Straßen stapfen Frauen und Mädchen in dicken Baumwollstrumpfhosen an ihrer Jugend vorbei. Fadenbüschel baumeln. Die Laufmaschen laufen jetzt von allein kreuz und quer durch die Strumpfhose.

„Bibi, lass dich ja nicht wegkaufen, stelze mit deinen langen Comicbeinen über die Dreckstraße zu mir, dein Kleid trocknen wir am Lehmofen, die Erdklumpen kratz ich dir weg." Sie erzählt sich die Geschichte von der umtriebigen Bibi, kein Rotkäppchenkitsch. Sie wohnt mit dem blauen Schweinchen in einer Litfaßsäule in Temeswar im Pariser Quartier. „Mein liebes Schweinchen, heute waschen wir Wäsche", sagt sie schnippisch. Ohne Persil und Waschmaschine. Das blaue Schweinchen macht lieber blau. Bibi schnappt sich den Waschtrog aus dem Keller. „Überwindest deinen Schweinemuffel?" Sie schleppt eimerweise Wasser vom Brunnen, das Schweinchen trabt hinterher. Unterwegs verschenken sie das Waschwasser: dem alten Hund, der hungrigen Vogelfamilie, der besorgten Entenmutter. Den letzten Tropfen schlürft ein alter Gaul. „Viel zu spät, um Wäsche zu waschen", mault das Schweinchen. „Zeit für den heißen Kakao, du hast es mir versprochen." Erschöpft kehren sie in ihre Litfaßsäule zurück, Bibi ist entspannt, das Schweinchen sowieso.

„Küss die Hand, hallo", begrüßt mich Lissi-Tant mit ihrer Märchenstimme. Sie trägt einen *Halat* aus dunkelblauem Nylon. Es stinkt wie in einer Werkstatt. Die Dielen mit Petroleum eingelassen, damit die Buchdeckel nicht vom Ungeziefer angeknabbert werden. „Kannst du schon lesen?" Neugierig beobachtet die Lissi-Tant die Kleine aus schwarzen Augenschlitzen, die Wissensdurstigen aus dem Obstgartendorf rennen ihr den Laden nicht ein. Das Buch vom blauen Schweinchen habe ich zum auswendigsten Mal durchgeblättert, die Nee-Oma hat keine Bücher, nur vergilbte Postkarten.

Sie kippelt auf der Schwelle in Patschen. Ihre Augen unterm Kopftuch so blau wie ein amerikanisches Schwimmbad.

La Creşă
Im Dorfhort

Im Dorf der aufgeweichten Straßen kräht der Hahn zwischen Nacht und Tag. Ein Strohsack, prall gefüllt mit Maislieschen, ist mein Bettlager, es raschelt wie in Großvaters Maiswald. Ich schäle mich aus der tonnenschweren Tuchent. Die *Budy*, ihre pludrige Unterhose, ist verschwunden, und meine Nee-Oma zu den Eierlegerinnen ausgeflogen. Noch vor dem ersten Hahnenschrei hat sie die Beinkleider übergestreift. Hinterlassen hat sie Dampfwolken und einen dampfenden Teller Milchsuppe mit wolligen Nudeln.

Süße Suppen sind kein Kinderleben. Die Nee-Oma hat keine Spielzeit. Die *Creşa*, der Hort, ein magischer Ort. Den verkochten Nudelbrocken helf ich aus der Milchpatsche. In Kopftuch und Ballerinas platzt die Nee-Oma in den Stubenfrieden. „Bring mich in die *Creşa*!" Die letzten Funken Nachtwärme fliehen aus dem Türspalt.

Wir eilen durch die rauen und milchigen Schattierungen der Allerherrgottsfrüh. Junge, krumme, stattliche Akazien säumen die Straße. Im Kristallgras recken weiße Knöpfe ihre Hälse. Ihre dottergelben Mitstreiterinnen, die Osterglocken, sind noch nicht geschlüpft. Ihre Zwiebeln haben die Bäuerinnen in die Ritzen ausgesät, auf der Hut vor der Hühnerschaft. Im Krakendo verzehren sie sich durch die Lücken der Bretterzäune, es regnet Würmer im Morast. Pfützen, Gegacker, brüchiges Geplärre, das Leben in der Altleutegasse. Meine Nee-Oma federt wie eine Ballerina, eingefliest in Flanellschichten halte ich kaum Schritt mit ihrer Wadenenergie. Sie gehört nicht in die Altleutgasse, ihr Haus steht in der Dorfmitte, die altrosa Ruine vor der Kirche. In diesem Zimmerlabyrinth brachte sie ihre Kinder auf die Welt. Von den Roten wurden sie aus dem Haus geschmissen. In den Fremdsprachen des Banats flucht sie sich an der fremden Dorfmitte vorbei. Der Morgen häkelt stumme Spitzen durch Akazien, Sonnenfetzen. An der Ecke weht die Trikolore, rot, gelb, blau. *Creşa.* „Wir sind daa!", kreische ich vor einer angerempelten Tür. *„Bună dimineaţa, uinea Nantschi!"* (Guten Morgen, Tante Nantschi)"! Ein plumper Händedruck im grauen Kittel zieht mich hinein. Ist die herzhafte Person die Köchin? Durch den muffigen Raum tobt ein Rudel in Dorf-Flanell. Bunt war nur die Trikolore am Eingang. Ich verdrücke mich in die Spielecken. Wo hat sich das sympathische Augenpaar versteckt? Wo steckt die Erzieherin? *Creşa* kommt von Kreischen. Die *Doamna Educatoare* aus meinem Kindergarten in der Stadt würde hier aufräumen! Pünktlich um acht müssen wir dort erscheinen, alle Kinder des Landes in die gleiche preußischblaue Kluft geschmissen. Sie nimmt uns in Empfang wie eine OP-Schwester ihre Patienten. Preußischblau verschluckt Himmelblau. Jungs und Mädchen in *Creşa*-Kleidern mit Plissees, das weiße Kopfband mit zwanzig Haarspangen festgeklammert, die Kindsköpfe mit Parteiliedern verstopft. Aufspringen dürfen nur die Plissees. Unter der Folklorelast drehen die Käsehochkinder irre Runden, Hopstänze mit stoisch eingeübten Schrittfolgen, bis der Schweiß aus der schweren Tracht tropft und den Müttern auch die Knie schlackern.

Suppengestank fault aus der Küche, das Kinderheer stürmt Bänke und Tische, Blechteller klappern, die Pampe schwappt über das klebrige Linoleum. Im Gekreische der *Creşa* suche ich nicht mehr das sympathische Augenpaar, nur noch den Ausgang, Dampf hat mir die Sicht versperrt.

Wann holt sie mich endlich ab? – Das weiß nur der Kuckuck … Ins Geklapper der Blechteller knallt das Kommando zum Mittagsschlaf.

Den Vandalen und Schäfchen werden die Flanellhemden ausgezogen, ob erschöpft oder putzmunter. Auch ohne Schlaflied kehrt Ruh im Bettstall ein, mit Gewimmer und Gejammer auf krächzenden Pritschen. Fluchtgedanken jucken im verlausten Kissen, Gänsefedern entspannen in der Akazien-gasse, so ein Mist.

Nee-Omas brüchige Stimme platzt in die Stille, sie kippelt nervös auf der Türschwelle. „Komm jetzt, Kind!" Ein Wir-belwind mit blitzenden Augen. Wir fliehen aus der lumpigen *Creşa*, sie zum Geflügel, ich in den Stubenfrieden. Ich steige ins zugige Fenster, magnetisiere die bunten Buchdeckel im Schaufenster gegenüber. Von der Buchhandlung trennt mich nur eine Dreckstraße.

Ein Arbeitslager mit der Hacke
Pfingsten, 17. Juni, 1951

Mitten in der Nacht Stiefelgepolter im Gang. „Aufmachen! In zwei Stunden kommt ihr mit Sack und Pack und Viehzeug zum Bahnhof. Du, dein Sohn und deine Eltern", brüllte der neue Parteimann. „Ihr Großgrundbesitzer, Volksfeinde!" – *Chiaburi, duşmani ai poporului!*

„Raus, ihr Lügenpack!" schreit Nee-Oma. Kommen wir nach Sibirien? Wann kehrt Vater aus dem verdammten Russland zurück? Ist er am Leben? Fremde werden ihm die Tür aufmachen. Die Nee-Oma bleibt wie angewurzelt stehen. Zusammenpacken?

„Flieht nicht mit den Deutschen", flehte der rumänische Pfarrer. *„Oameni buni nu plecaţi!"* Wir haben zweihundert Jahre gut zusammengelebt. Doch es kam anders. Die Nee-Oma reißt sich zusammen, packt an, erteilt Befehle. „Hol die Kuh aus dem Stall!" Sie steckt sich etwas Getreide, Pflanzensaat in die Strümpfe. Einen Blick zurück in den luftigen Gang ins Weingartenherz. Allein mit ihren alten Eltern, Vater, Kuh, Tisch und Stuhl laufen sie zum Bahnhof.

Schwarz frisst sich ins Weizengelb. Das Auge verschwimmt an diesem Pfingstmorgen. Hunderte laufen zur Bahnstation mit K. u. k.-Flair. Seit Tagen lauern Waggonkolonnen auf den Bahngleisen in Livezile an der rumänisch-jugoslawischen Grenze. Securitate-Trupps umzingelten das Dorf in der Nacht. Im stalintreuen Rumänien waren die Banater im jugoslawischen Grenzgebiet ein Sicherheitsrisiko. Die Securitate setzte die Säuberungsmaschinerie in Gang. Tito dagegen lehnte Stalins Stacheldrahtpolititk ab.

Wo bringen sie uns hin? Warten. Auf die Zuteilung eines Viehwaggons. Der rumänische Schafhirte platzt ins Gedränge, streckt Nee-Oma einen Laib Käse entgegen, verflucht die Regierung: „Gott beschütze euch!" Mit ihren Eltern und dem elfjährigen Sohn ist die damals 41-jährige Nee-Oma eine von 40.000 Deportierten in die rumänische Bărăgan-Steppe. Unter dem Decknamen „Umsiedlung" bagatellisierte die Regierung die Deportation, um das europäische Ausland nicht zu echauffieren. Im Arbeitslager mit der Hacke sollten die Umgesiedelten den brach liegenden Landstrich kultivieren.

Endstation unter freiem Himmel. Vierhundert Kilometer Gleise liegen zwischen den Banatern und ihren Höfen, die nicht mehr ihre Höfe sind. Viehwaggons spucken die Deportierten aus, mit Kuh und Tisch und Bett. Sie werden Himmelsmillionäre wie ihre Ahnen, die ersten Siedler im Banat vor 300 Jahren. Weder Dach noch Kirchspitze, kein Hahn, der kräht, nur Wind, der brennt, und Disteln. Riesige Distelköpfe wirbeln durch die Steppe. Die Schafe jagen das Distelheer, es bäumt sich auf, streut den Samen der Steppennomaden.

Ihre Habseligkeiten stellen sie auf den abgeernteten Acker, rammen Pflöcke in den Boden, spannen die Bettdecke über Kopf, Tisch und Stuhl. Mit dem ersten Regen wird die Zeltstätte weggespült. Ein Haus stampft man aus Lehm und Manneskraft, nicht mit Tattergreisen und Kindern. „Te Tooti (mein Vater) war in Russland", erzählt Vater, er war noch ein Kind.

Sie schaufelten sich einen *bordei*, gruben sich ein Loch in die Erde. Die Maulwurfsbehausung fanden schon die Römer in der Donauregion vor. Im Erdhaus blieb die Temperatur konstant. Es war nur ein halbes Grab, der Dachgiebel lugte aus der Erde. Aus Sparren nagelten sie sich ein Dach übern Kopf mit einem Guckloch in die Steppe. Die Nee-Oma klaute Holz aus einem Schafstall und wurde angezeigt. Der Dachstuhl rutschte ab, er war nur mit Teer befestigt. Im schlammigen Herbst scharten sie sich um den Transportsparherd in ihrer Feuchtzelle, einen Meter achtzig unter der Erde. Die Ratten vertilgen die Vorräte, Ungeziefer wimmelte im Bettzeug. Nee-Oma legte eine Marathonstrecke zu ihrer Hackparzelle zurück. Mit dem Floß überquerte sie die Borcea bei Wind und Wetter. Der launische Nebenfluss konkurrierte mit der majestätischen Donau, quoll regelmäßig aus seinem Bett. Als Wassermassen Pferd und Wagen verspeisten, betete sie sich aus dem Sturm. In der satten Erde der Flussauen bestellten die Vertriebenen Baumwollfelder. Die Deportierten legten Weingärten an, ein Zusatzverdienst für die Bahnkarte zurück ins Banat. Während der fünf Minuten Kantinenessen aus dem Blechteppel gräbt sich die Erniedrigung in ihre Stirn.

Die ersten starben, Alte, Kinder. Auch die Mutter der Nee-Oma. Sie hatte ungewaschene Trauben gegessen, sie schmeckten wie daheim. „Kreislaufkollaps" stand im Totenschein. Ödnis macht genügsam. Gebackene Maisfladen, mit dem Faden geschnitten, waren Brotersatz. Für ein karges Mahl reichte eine Handvoll Mais. Es stank nach Salzfisch. Fisch lieferte die Borcea im Überfluss.

Die Umgesiedelten stampften vor ihren Lehmhütten Grundöfen aus dem Schlamm. Die Ortsansässigen waren beeindruckt von der Brotbackkunst der *refugiați*, der Umgesiedelten. „Ihr seid anständige Leute, weder Banditen noch Imperialisten", wie die Partei behauptet. Die Banaterinnen zerschnitten ihre Feiertagstracht, nähten sich Röcke für die Feldarbeit.

In der rumänischen Steppe regierte der Himmel, und die Kolchose hielt die Sichel in der Hand. Erst mit Stalins Tod wurde die Verschleppung hinfällig. Ausgemergelt, mit gekapptem Sprachherz, kehrte die Nee-Oma mit ihrer Familie nach sechs Arbeitsjahren in ihr Obstgartendorf zurück. „Ein kalter Märztag, der Hofbrunnen war zugefroren, mein Elternhaus verwüstet. Keiner machte uns die Tür auf mit ein paar warmen Krumbeeren."

Das Kapitel Bărăgan wurde hinterm Eisernen Vorhang verscharrt. Als man die Deportation nach der Revolution ausgrub, waren die Umgesiedelten längst ausgewandert nach Deutschland. Betäubt sind sie heute noch. Die Grabsteine hat der Steppenwind gefressen.

Vater holt einen Papierfetzen aus dem Deporationsordner, er fühlt sich an wie vergilbte Seide – die Überschrift: *Scrisoare de trăsură de mică iuţeăla, strada viilor* (Paketschein/Transportschein, nicht so eilig, aus der Rebengasse), ausgestellt in Fetesti 1952.

Ein Paket aus der Heimat: Kartoffeln, Mehl und Schmalz. Vater legt den Schein zurück in den Deportationsordner.

Zwei Postkarten
Zehn unbeschriebene Jahre

Reptilienhaut schimmert auf der Kredenz: Nee-Omas schwarze Handtasche. Im Seidenfutter zwei vergilbe Postkarten aus Pappe. „Piotr Pflanzer", Großvaters Name, auf Russisch. Zwei Postkarten in zehn Jahren – Otas Lebenszeichen aus Russland. Nach fünf Jahren Gulag sollte er entlassen werden. Die Gefangenen versammelten sich im Hof. „Piotr Pflanzer, heraustreten!" Er wurde zu fünf weiteren Jahren Gulag verdonnert, war einfacher Soldat gewesen. Er teilte sich ein Erdloch mit hochrangigen SS-Offizieren. Ausgehöhlt wie ein Steinbruch kehrte er zurück. Nee-Oma legt die beiden Postkarten zurück ins Seidenfutter. Die Ledergruft schnappt zu.

NIEDERGANG, PAPIER UND WURZELN

Temeswar, 1979

Ausgelassen und braungebrannt von der Schwarzmeerküste zurückgekehrt in die Zitronenstraße – die letzten Sommerferien in Rumänien, hoffentlich. Die Stimmung zu Hause war im Kartoffelkeller, der Ausreiseantrag abgeschmettert. Es schien so sicher, dass es diesmal klappen würde. Der Rhythmus der Vierzehnjährigen war aus den Fugen geraten, die Prüfung in die zweite Gymnasialstufe hatte sie verpasst. Das ambitionierte Projekt Lenauschule kippte in die Abendschule. Keine ausgelassenen Pausen, kein Tageslicht in den vertrauten Klassenräumen, sie war umringt von zermürbten Gesichtern. Es war zum Einschlafen und Durchdrehen. Ihr Schwarm war im Schlauchboot geflüchtet. Es lückte, in der *Dschanga*, im Ballsaal. Nach der tristen Arbeitswoche tingelte sie mit B. durch Banater Dörfer und Kirchweihfeste. In verschwitzten Jerseykleidern staksten sie aus dem Morast der Zigeunergass. Nach der Themendisko mit Blasmusik, Landler, Polka und Schlager spuckte sie die Eisenbahn in den Temeswarer Montagsschleier.

Mutter verzog keine Miene. Sie knetete ihre Wut in den goldgelben Teig, die ganze Familie war mit der privaten Nudelmanufaktur beschäftigt, außer Falconetti, Gerds einäugigem Kater. Zimmer, Bett und Stuhl mit weißen Laken ausgelegt. Vorsicht beim Auswalzen, beim Auflockern, die Nudelwerke sind zerbrechlich, die Teiglappen fragil. Es war zum Durchdrehen. Nee-Oma nähte aus Butterbrotpapier *Stanitzel*, donauschwäbisch: Papiertüten. Die Enkelin wälzte lustlos Teigfladen durch die Nudelmaschine, starrte in die Luft, es hatte sie erwischt. Lockenkopf, Musiklehrer, Kantor,

Womanizer, Pianist. Er hatte schöne Hände, zu viele Augen im Kopf. Im zu engen weinroten Kleid, so zwischen Kind und Frau, war sie einen Tick zu aufreizend für die Dorfszene. Von seiner Verlobten aus Deutschland erfuhr sie später auf einer Bank im Rosenpark. An einem schwülen Sommerabend schleppte er sie in ein schmuddeliges Appartement – es gehörte einem Securitate-Offizier. Vor Aufregung stockte ihr der Atem. Nach dem banalen Manöver stieg sie in ihren roten Overall. Die letzte Straßenbahn hatte sie verpasst. Entführt, verführt, blockiert und weggerannt. Es rauschte durch ihren Körper. Seine Maria aus Deutschland führte er mit großem Brimborium zum Dorfaltar. Sie schluchzte in anderen, weniger feingliedrigen Armen. Selbst Lieben ist unmöglich in diesem Land ... doch jenen liebte sie nicht.

Wir hingen in der Luft, gammelten mit den Kanalisationsrohren der Zitronenstraße. Das Papierschiff, unser persönli-
cher Ausreiseantrag an den Landesvater, hatte eine zweijäh-
rige Odyssee hinter sich und landete auf dem Schreibtisch
eines Securitate-Offiziers. Vater verfolgte inkognito unsere
Aktenspur bis ins Ministerium nach Bukarest. Im Spätherbst
überbrachte uns der nette Offizier die Hiobsbotschaft ebenso
inkognito in die Zitronenstraße. Er hatte eine Geliebte in Temeswar und war milde gestimmt. Mutter rupfte eine Gans für
unseren Bilderbuch-Agenten. Die offiziellen Pässe händigte
uns die Briefträgerin aus. Endlich Koffer packen, das Land
verlassen. Das letzte Geld verprasst für Damastbettwäsche,
flauschige Handtücher, tschechisches Porzellan, Pelziges. Unser Haus ging an Vater Staat für ein Taschengeld von 20.000
Lei. Mit dem Emigrantengepäck hasteten wir zum Grenzbahnhof nach Arad. So nah an der Grenze war ich noch nie.
Mit dem Rausschmisston der rumänischen Grenzbeamten
im Nacken warfen wir unsere Habseligkeiten in den Container. Hat die neue Heimat eine Adresse? Die Nee-Oma
war marod, geplagt von chronischem Reisefieber. Waggons
rollten durch ihren Schädel, wie damals vor der Deportation in die Bărăgan-Steppe. Ihre alte Singer-Nähmaschine und
die *Muschteblädde* hatte sie wieder sorgfältig verpackt. Die
Schnittmuster aus Butterbrotpapier hatte sie bereits in die rumänische Steppe mitgeschleppt und dort Beinkleider für die
Einheimischen genäht.

Was ist aus der lindgrünen Kredenz geworden? Eine Kindheit lang teilte sie mit uns die feuchte Stube und beherberg-
te die *Blechteppel* (Tassen), ohne auseinanderzufallen. Im
Hauruck die Möbel verscherbelt, das Haus ausgeleert. Der
Kirschbaum ist nicht umgefallen, auch nicht der Spielhof

und die Sandburg. Mein kleiner Bruder wohnte in der Krone und jagte mich mit Kirschen. Den Hof hat Mutter nicht mehr ausgekehrt, die dicke *Tuchent* auf dem geflochtenen blauen Plastikstuhl fotografiert und liegengelassen. Rosen splittern auf fahlen Postkarten. Zum Grenzbahnhof nach Arad, auf ins Land der Dichter und Denker, ins Land der abgepackten goldgelben Hochzeitsnudeln, den alten Gefühlsteufel im Nacken. Mit sofortiger Wirkung Emigranten nach sechzehn Jahren Lethargie.

*Die goldige Tasse mit der Szene aus dem Zigeunerbaron, Fre-
kot-Otas Mitbringsel vom Markt in Novi Sad hat überlebt, sie
steht angeknackst in meiner Kredenz. Ich schleppte sie in den
Sandkasten.*

Der Sonderzug
20. November 1981

Das Tor zum Westen hatte sich einen Spalt geöffnet. Ein fünf-
köpfiges Familienpaket wartete in der rußigen Bahnhofshal-
le in Arad, die letzte Haltestelle vor dem Eisernen Vorhang.
Eingehüllt in Herbst- und Wintermäntel klebten wir in den
Ausreisepässen, Schwarz-Weiß-Fotos. Ich war siebzehn, un-
gefähr so alt wie die Warterei und Mutters Sorgenfalten. Die
Nee-Oma schimmerte wie ein Engel, der Josefstädter Frisör
verpasste ihr zum Abschied eine schlohweiße Welle. Ihre
Wolfsohren leuchteten wie Ampeln, das donauschwäbische
Kopftuchzelt hatte sie abgelegt. Das zierliche Persönchen war
angeschlagen. Vater trippelte auf und ab mit der schwarzen
Aktentasche im Arm. Es waren nur ein paar Schritte. In den
Sonderzug gestiegen wie der Graf von Monte Christo auf sein
Segelschiff. Der rumänische Sicherheitstrakt und das einge-
mauerte Banat im Nadelöhr verschwunden. Wir jagten durch
monotones Flachland, die Puszta novemberbraun wie auf der
anderen Seite.

Die Nee-Oma hatte wässrige Augen. War sie geblendet von
der prächtig geschmückten Tanne am Linzer Hauptbahnhof?
Die Stahlräder knirschten, das Weihnachtsmärchen nahm seinen Lauf. Ich rührte mich nicht aus dem Abteil, Vater sprang
hinaus auf eine Zigarettenpause. Ob die Welt hinter dem Sonderzug nach Zimt und Zuckerguss duftet? Da war er endlich,
mit leuchtenden Augen. Der Sonderzug rollte schwungvoll
weiter. Die bayerischen Grenzbeamten sahen aus wie Förster.

Sie prüften unsere Pässe. Ich zuckte innerlich, es waren keine Securitate-Typen mit Röntgenaugen. Erleichtert redeten wir drauflos, Mutters graue Augen funkelten. Sie begrüßten uns mit „Grüß Gott" wie in einem Heimatfilm auf Rädern. Deutschstunde im Sonderzug, es wurde immer gemütlicher.

Nach vierzehn Stunden spuckte uns der Sonderzug aus. Eine Frau im Trenchcoat erwartete uns am Bahnsteig. Im Halbschlaf folgten wir der stillen Person durch die cleane Unterführung. So lange auf den Gleisen und ohne Bodenhaftung. Jugendliche mit leeren Augen grölten auf der Rolltreppe. Die Nee-Oma fing an zu weinen, sie fürchtete sich vor der Rolltreppe. Wir packten das eingemummte Häufchen an der Hand und tauchten an der Nürnberger Oberfläche auf. Rauschten durch makellose und hell beleuchtete Straßen. Wo steht unser Pfefferkuchenhäuschen? Im Nürnberger Durchgangslager. Die zehn Quadratmeter große Kammer war mit drei Hochbetten ausgestattet. Vater legte die schwarze Aktentasche auf den Plastiktisch, schaute nach, ob die Pässe noch da waren. Dann packte er die Proviantreste aus, schnitt das letzte Stück *Salam de Sibiu* in dünne Scheiben. Nur mein kleiner Bruder freute sich, sein Traum vom Hochbett war in Erfüllung gegangen. Er wirbelte und fachsimpelte mit Matchbox-Autos. Doch es sollte zum Alptraum werden. Mitten in der Nacht krachte das Bett zusammen und Gerd wie ein Sack auf den Plastiktisch ins östliche Stillleben. Die Nee-Oma jammerte wie ein Hündchen im Dorfrachen. Dostojewski, *noapte bună*.

Am nächsten Morgen irrten wir in plüschigen Ostmänteln in den schwülen Novembertag. Mit dem Flüchtlingsausweis in der Tasche, Schädelweh und dem Tagessatz von acht D-Mark tingelten wir zum Tengelmann, tappten durch überbordende Gänge mit köstlichen Waren aus vierhundert Jahreszeiten. Raff in den Einkaufswagen und wieder zurück ins Regal, die Preise in akkurater Handschrift waren das Erwachen. Es reichte für ein Süßigkeitenparadies, Kokosnussschokolade, vielleicht noch für ein Matchbox-Auto.

Von Bahnhof zu Bahnhof
Nürnberg – Mühlheim am Main

Mit den Nürnberger Papierwurzeln in der schwarzen Aktentasche und fünf Bahntickets wieder in den Zug gestiegen. Unser Reiseziel liegt in Hessen, Goethes Land, von der Donau-
schwabenmetropole Stuttgart weit genug entfernt, wo unsere
hemdsärmligen Landsleute ihre Parallelwelt aufbauen. Der
malerische Schwarzwald wäre auch ein Ziel gewesen, doch
dort war die Arbeitslosenquote düster.

Der Zug rollte lautlos durch aufgeräumte Landschaften.
Kein Gedränge, kein Geschrei, Zeitungsrascheln und freundliche Ansagen. Am bescheidenen Mühlheimer Bahnhof ga-
ben wir uns einen sanften Ruck. In Mänteln wie Schnecken-
häuser tappten wir durch die wild bemalte Unterführung zum
Betonbunker mit roten Fensterläden, unserem Dach für die
Nacht. Mit windigen Sprüchen und einem Miniköter empfing
uns ein Italiener mit Knollennase. Der Boss unter den Aus-
siedlern rannte vor durch das brühwarme Treppenhaus. Die
Freiheitsstatue im Kopf war angeknackst.

Papier und Wurzeln
Mühlheim am Main, Dezember 1981

Die Pritschen jammerten und das Kreuz auch, knoblauchge-
schwängert und dick war die Luft wie die Ostkluft. Auf dem
Tisch, ein Stillleben – die Reste der *Salam de Sibiu*, weiche
Butter in Goldpapier, mehr Plastik als Marmelade, feuchte
Schwarzbrotscheiben. Die Mitbringsel aus dem Nürnberger Durchgangslager vergammeln. Die Ausreisepässe in der
schwarzen Aktentasche sind unversehrt. Kein grüner Zweig,
saubere Straßen und blitzblank polierte Autos. Nee-Omas
wässrige Augen suchen den Hühnerstall, das *Blechteppel*. Im
Lager teilen wir uns Küche und Bad mit einer polnischen
Festgesellschaft. Tagsüber im Deutschkurs, nachts Party. „Die
haben doch eine Nachtbar", sagte die Nee-Oma empört. Im
Transit. Angekommen? Unterwegs? Die Trägheit der An-
kunftslosigkeit hing wie Blei in den Gliedern.

Schwere Sonntagstortenherzen aufgerafft und aufgewacht,
heut schlagen wir Papierwurzeln! Durch die Unterführung
mit der schwarzen Aktentasche und einem Berg Formulare
in der Aldi-Tüte. Kerzenschimmer beseelte die Mühlheimer
Amtsstube. Weihnachtspäckchen schmückten die Fensterbank. „Wo haben Sie denn so gut Deutsch gelernt?", fragte
die blasse Stimme. „Temeswar war einmal das Wien des Ostens, dort steht das einzige deutsche Theater in Südosteuropa,
naja, mittlerweile mit magerer Besetzung." Mein sonst so
redseliger Vater schweigt, zu holprig die sonderbare Melange
aus Donauschwäbisch, Josefstädtlerisch und Rumänisch. Vor
zwei Tagen war er noch ein angesehener Tausendsassa in Temeswar. Das deutschsprachige Internat besuchte er bis zum
elften Lebensjahr. Danach wurde er in die Steppe deportiert.
Im Erdloch gab es keine deutschen Schulen. „Werd' ein Mann,
Vater ist in Russland. So war das", mischte sich die Nee-Oma
ein. Mutter schüttelte den Kopf, ich hatte einen Kloß im Hals.

Die Bürosachtante nickte abwesend und drückte uns einen Packen Papier in die Hand. Wir steckten das Bündel in die Plastiktüte, die Aktentasche war tabu, für die Pässe reserviert. Sie hielt uns einen ostergrünen Wisch vor die Nase: „Hütet den Flüchtlingsausweis wie Euren Augapfel!" – „Ich will keinen Flüchtlingsausweis!", brauste die Nee-Oma auf. „Sind wir wieder Flüchtlinge? Wohin fliehen wir denn?" – *„Kummt, Motter."* Mutter schleifte sie aus dem Weihnachtsbüro. Sie war eine Handvoll, eine Dokumentenhandvoll. War die Nee-Oma so alt wie Mutter, als sie deportiert worden ist? Ihr Papiervermögen hat sie für die deutschen Behörden in der schwarzen Lacktasche aufbewahrt, vier Jahrzehnte lang. Zwei Postkarten, Großvater hatte sie aus der russischen Gefangenschaft geschrieben. Sie wandern zurück in die Aktentasche. Existenzangst von früh bis spät.

Erschöpft saß die fünfköpfige Familie im Lagerzimmer vor einem amtlichen Berg Amtsdeutsch. „Wohin des Weges?" – „Wo's Arbeit gibt, wir machen alles, wir sind endlich frei." Auf der Beschleunigungsspur. Unser Container stand in der Nähe des Durchgangslagers in einer schäbigen Halle. Gammelte vor sich hin. Abends durchs Betonviertel zur Bäckerin mit Herz, Industrieluft schnappen. Sie schenkte uns Plunderstückchen vom Vortag. Sie schmeckten alle gleich. Es klingt ja wie ein exotisches Märchen. Deutsche aus Rumänien? Die Chefin der Bäckergarnison wunderte sich auch über unser gutes Deutsch. „Wieviel Puddingpulver hier verschleudert wird", kommentierte die Nee-Oma trocken.

Eine Sozialtante mit schöner Stimme tauchte im Lager auf mit Weihnachtspäckchen, frischen Formularen und einem formlosen Gruß der katholischen Kirche aus Mühlheim. Oder Offenbach? Kirchenheimat unbekannt.

Die Nee un te aldi M.
In der Rumpenheimer Küche notiert, ein Augustsonntag 2018

Herbst haucht durch Rumpenheim, der knorzige Pflaumenbaum hat nicht viel getragen in diesem Jahr. Mutter ist zu Besuch. Offenbach, neuerdings Arrival City, wird hochgekocht wie *Leckwar vum alde Quetscheboom*. Auch die Nee-Oma geistert durch die Erinnerungsküche zurück ins Mühlheimer Durchgangslager. Sie war allein im Lagerzimmer, als der hohe Besuch vor der Tür stand. *Te aldi M.*, der Seniorchef einer bekannten Maschinenfabrik, wollte uns Neuankömmlinge aus Rumänien kennenlernen. Unsere Container warteten auf dem Firmengelände.

Mir wore im Rathaus, te Tata un ich, als te „aldi M." uns im Loger gsucht hot. M., der is reinkum in de Bagantsch (Wanderschuhe) *un im karierte Hemmet. Ich wor mit Kopptuch un Barchentgwand. No hot e gfroot: Aus was besteht die Familie? No hob ich gsacht ich bin die Motter, 1909 gebor, te Tata, die Mama un ti zwo Kinne un tas ich sechs Gwischter hob. Er stammt och aus anne großi Familie. Un no hot e gfrot was me gearweit hun. No hot e gsacht, meldet euch bei meinem Sohn. No wor's te aldi M. Tes wor an Dreikönig*

Am nächsten Morgen stellte ich mich in der Personalabteilung vor. Der Unternehmersohn musterte mich, er schielte. „Trauen Sie sich diesen Job zu?"

Wann immer uns der alte M. besuchte, setzte er sich zur Nee-Oma. *Sie wore on Jahrgang, die Nee un te aldi M., er hot se geehrt.* „Ich war so erfolgreich in meinem Leben, doch kann ich mir nicht verzeihen, dass ich meine Mutter ins Altersheim gegeben habe."

„*Mir han ooch Beresche* (Tagelöhner) *ghat, awer mir han mit ihne ooch am Tisch gsitzt!*", sagte sie zu ihm.

Aus Triebswetter in den Osthafenbeton
Von Weinreben und Migranten

Die Nacht ist ein Tintenmeer. Es raschelt. Die Nee-Oma steigt in ihre Dorfballerinas, rennt in den Gang, plärrt in den Weingarten … Schon fliegen die Steine und die Flüche. Der Dieb ist abgehauen. Sie zupft Vater am Ärmel. Es ist Zeit zum *Abplicke*.

Wann immer sie von Triebswetter schwärmte, fauchten schwarze Windzungen, Auberginenwolken. In Triebswetter war nicht der Himmel trüb, die Erde schwarz, fett und teuer. Monsieur Frecaut, Nee-Omas Großvater, stammte aus dem Franzosendorf. Frecauts junge Frau wollte mehr Land. Um ihren Hunger zu stillen, wanderte er aus nach Tolvadin, ein Multikulti-Nest an der serbischen Grenze. Grund und Boden waren dort karg und erschwinglich. Scholle und Vino waren den „Triebswetteranern" zu Kopf gestiegen. Er baute sich ein Lehmhaus, pflanzte den ersten Weingarten im Dorf. Als alter Mann zog es ihn zurück unter das angestammte Rebendach nach Triebswetter. Der Nee-Oma vererbte er die blauen Augen und die harzigen Weinreben.

Als wir im Spätherbst auswanderten, blieben die Trauben in der Temeswarer Zitronenstraße hängen, den Eiswein verscherbelten die Zugvögel. Unsere Habseligkeiten und Sinnlosigkeiten packten wir in den Ostcontainer. In der neuen Heimat im hessischen Obertshausen stieg Marcel Proust aus dem Kanister, zeitversetzt. Auf der Suche nach der gewissen Traubennote reisten wir zurück ins Obstgartendorf, schauten wehmütig aus dem stickigen Gang in den versteinerten Weingarten, flanierten durch ungarische Weinberge auf der Suche nach einem Déjà-Cru. Am Lagerfeuer mit ungarischen Freunden und Zigeunerspeck probierte Vater den *Uhudler*. Eingebettet in lila Rebenwälder, übernachtete er auf dem Weinberg und atmete durch.

Eine junge Rebenschule reiste mit ins hessische Obertshausen, verpackt in Zeitungspapier. Vater pflanzte den *Uhudler* vor seine Garage neben den weiß gekalkten Kirschbaum.
Die Rebenschule hat Fuß gefasst, die üppige Terrasse spendet
im Sommer Schatten, im Herbst satte Trauben.

Die roten Fensterläden sind grau gestrichen. Unterwegs zu meinen Eltern streife ich das ehemalige Durchgangslager, einen Bunker im Mühlheimer Industriegebiet. Vor dem Kiosk gedeiht ein Blumenladen.

Ein Rebenhaus

Einfamilienhaus neben Einfamilienhaus, Rasen makellos ... Daneben ein weißer Zaun, pittoresk von der Regieassistentin der Pilcher in den Spätherbst gepinselt, unbändiges Traubenparfum. Willkommen im Herbstmatsch. Das Gartentor ist offen, ein No-Go auf dem gepflegten Pflaster. Vater im Blaumann, er werkelt auf der Leiter. Der milde Oktober hat Fruchtfluten ausgebrütet passend zum Familiennamen Pflanzer. Das weiße Tor steht offen. Mutter perlt Trauben in Eimer, lila Matsch klebt an ihren Händen. In der Garage gluckert frischer Most. Die Aufgeplatzten verabschieden sich mit einem Schmatzer. Die leeren Fruchtbacken, feinste Grappa-Basis, werden weiter verwertet. Das Näschen und die Destillationshoheit hat mein Onkel aus dem Schwarzwald, auch er Banater.

Die faserigen Reben haben sich in ihre Wurzelstadt zurückgezogen. Windzungen verjagten das morsche Blätterdach. Die Weingeister gönnen sich keinen Winterschlaf. Der Korken hüpft und pfeift. Der Keller ist berauscht, Most gärt im Weidenbottich. Regelmäßig steigt Vater hinab in den Keller, erfreut über die gemessenen Öchsle. Die Sonne brannte den Trauben ordentlich auf den Pelz. Traubenhaut und Kerne, die Hinterlassenschaften vom Fest, lagern auf dem Fassboden. Umso mehr man probiert, umso besser mundet der Rosé. Auf der Zunge macht er sich aus dem Staub.

Vaters Rebenschüler haben sich weiter verästelt bis in den Frankfurter Osthafen. Er pflanzte die robuste Rebsorte in den

störrischen Beton. In der zweiten Reihe der verglasten Paläste der Hanauer Landstraße brachte es die Niederlassung der
Uhudler zur üppigsten Balkanterrasse in Betonlandia. Von
Trailerschlangen verborgen, für umherirrende Lkw-Fahrer
aus Osteuropa und kreative Nasen offen, gedeiht Design im
Hinterhof, Grappa auf der Terrasse. Es dauert Generationen,
bis sich eine Rebe mit der neuen Erde vermählt. Reben sind
Migranten und die Rebenschule Vaters liebste Metapher.

Meine Eltern haben Arbeit gefunden! Mutter ist Motelmanagerin und Hausmeisterin, für Emigranten eine Bleibe mit Aussicht. Übergangsweise hausen wir in Obertshausen auf dem Werksgelände in den Büros der Betriebskrankenkasse. Ohne Aussicht. Unsere Nachbarn sind Schritte und Türen. Gegen 17 Uhr verstummen die Schritte, fällt der Stift, Papier ritschratscht. Die Maschinen brummen Tag und Nacht bis nach China, heißbegehrter Absatzmarkt für die Textilmaschinen made in Hessen. Um sechs Uhr morgens und um sechs Uhr nachmittags zieht die Nee den Lamellenvorhang zurück.

Mutter macht sich Sorgen. Mein aufgeweckter Bruder ist zu still. „Ärger mich doch wieder, bitte!" Er hat sich in den Kanalisationsrohren verbuddelt. Keine Kickfreunde auf dem Werksgelände, nur grummelnde Arbeiter und Textilmaschinen. Sie sind startklar für die Abreise in den Fernen Osten. Sie stapeln in Containern auf den Gleisen. Mut gefasst, rausgerannt in den fremden Wald und wieder zurück aufs Werksgelände, hinter den weißgrauweißen Lamellenvorhang. Metallisch. Das weiße Sweatshirt hat einen grauen Flor. Die Tante aus Hüttengesäß schenkte es mir zu Weihnachten. Das Nest mit dem Namen aus dem Grimmschen Märchen liegt am Arsch der Welt. Wie gut, dass ich hier bald auswandere. Nach Mainz auf den Sonderlehrgang für Spätaussiedler und ein Jahr überspringen.

Feierabend. Heute fahren wir in die Zivilisation. Mit dem Bus nach Offenbach. Wir laufen am Portierhäuschen vorbei. Blau- und Graumänner steigen in den Werksbus.

Schon haben wir die tosende Bushaltestelle erreicht. Eine Blechlawine wälzt sich durchs Nadelöhr. Im Rücken grünt die Eigenheimlage. Die Villen mit Blick auf Wald und Schwimmbad atmen auf im toten Winkel. Perfekt gepflegte Architektur hinter bescheidenen Zäunen. Ein Ablenkungsmanöver gegen Einbrecher. Hier residieren die Ableger der Fabrikantenfamilie abgeschirmt vom eigenen Maschinenkrach. Ihre Anwesen und Wesen haben sie ausgestattet mit emsigen Hausangestellten, vorzugsweise vom Balkan. Sie werden ordentlich von gelangweilten Schwiegertöchtern schikaniert. Wir laufen die Einkaufsstraße hoch, in den C&A, die Rolltreppe hinauf. Die Freude über die neue Heimat hat einen Schmutzfilm. In Offenbach Menschen ohne Blaumann begegnet.

Weiches Wasser vom Artesibrunnen und Chrysanthemen
Grenzenlos eingegrenzt im begrünten Industriegebiet eines hessischen Städtchens, Januar 1982

Mutter sperrt die Tür mit dem Guckloch auf und gähnt. Es ist fünf Uhr morgens. Kochdämpfe steigen ihr in die Nase. Sie kippt das Küchenfenster. Abgestandene Exotik schwelt durch den Raum, blitzblank poliert. Mutter ist keine Frühaufsteherin. Sie ist Mädchen für alles und verdient jetzt sogar mehr als Vater. Ein Glücksgriff für die Spätaussiedlerfamilie ist die Dienstwohnung. Sie befindet sich im Trakt hinter der Tür mit dem Guckloch. Kein Wochenende, keine Nachbarn, das Telefon lässt uns keine Ruhe. Im grauen Kasten am Stadtrand herrscht entweder Totenstille oder Kaiserstraße. Die Hotelgäste, ein wilde Melange, Kültür und Dekültür, kommen aus der ganzen Welt, von China bis Downunder. Mutter muss sich sputen. Gleich stehen sie auf der Matte, um sieben Uhr ist Schichtbeginn. Sie stellt den Wasserboiler an. Ihre Augen wandern mit dem Morgengrauen hinaus ins Immergrün. Die ersten Schichtarbeiter parken ein, verschwinden wie Zwerge in der Druckerei. Die akkurat geschnittene Hecke hat was von Grabrändern. Heute ist der Todestag der Kettel-Oma. Mutter kann nicht einfach auf den Friedhof laufen, um ihr Chrysanthemen zu bringen. Der Altfreidorfer Friedhof ist 1100 Kilometer weit weg. Auf dem Küchentisch steht ein Strauß Chrysanthemen, bordeaux und weiß, sie sperren ihre Münder auf. Es ist zum Davonlaufen! Tränen laufen ihr über die Wangen, die Küche dampft. „Reiß dich zusammen und schalte den Boiler aus!" Friedhöfe sind Kindsvertraute. Wo ist der Friedhof in diesem zerrissenen Städtchen? Seit drei Monaten sind wir in *Taitschland*, junge Pflänzchen, die Wurzeln haben noch nicht ausgeschlagen. Nachbarn sind eine Druckerei, eine Schnellstraße, ein Aldi und nach Feierabend die Kegelbahnbesucher. Hinter akkurat geschnittenen Hecken residiert die Hautevolee in spartanischen Bungalows, poliertem Fachwerk.

Ins andere Land nach Altfreidorf. In ausgetretenen Sandalen hatscht Mutter Straßenbahnschienen entlang, am Artesibrunnen bleibt sie stehen. Sie bückt sich zum Rinnsal, trinkt einen Schluck weiches Wasser. „Hast du den Orientierungssinn verloren?" Den Kopf darf sie kurz verlieren, nicht den Schlüsselbund, die Verantwortung und das Arbeitstempo. Es rauscht und rieselt. Sie stellt den Boiler ab, schließt den Kühlschrank auf, legt Portionsbutter in Goldpapier, Marmelade und Honig auf die Teller. Alles säuberlich verpackt, mehr Plastik als Inhalt. Ihre Tränen verdampfen. Der Bäcker saust im roten Golf heran, stellt einen Container frische Brötchen auf die Theke, schenkt Mutter ein Lächeln und verduftet.

Unsere Frühaufsteherin steht im Nachthemd in der Tür mit dem Guckloch. Sie hat den Duft gewittert. Sie freut sich jeden Morgen über frische Breetsche. Nach dem Frühstück räumt Mutter zügig die Reste ab, schwenkt den Staubsauger. Die Zeit drängt. Sie muss noch aufräumen, in zwanzig oder dreißig Zimmern die Betten frisch beziehen. Die Tür des Fahrstuhls fällt zu. Er rattert schwerfällig in den ersten Stock.

Gegen halb zwölf saust er ins Schafott. Mutter reißt die verbeulte Tür auf, wirft die Schmutzwäsche in den Flur. Die Miele-Waschmaschine rattert wie eine Atemlose. Putz- und Waschmittel zwicken in die Nase. Ein gebrochener Lichtstrahl dringt durch die Scheibe, Glasbausteine irrlichtern in Grüntönen. Sie schnappt sich eine Flasche Selters, öffnet die blaue Tür, atmet den internationalen Hotelzimmergestank aus. Einen Schwall Rosen hat sie ins schmucklose Karree gepflanzt. Temeswarer Parfum macht unserem Nachnamen alle Ehre. Die Pflanzers. Ein prächtiges Weinrebendach Marke Balkan und eine Bank haben uns die Vorgänger hinterlassen. Sie sind aus dem Hausmeistergeschäft ausgestiegen und ausgewandert in ihr Domizil an der kroatischen Riviera. Die

Nee-Oma sitzt draußen auf der Bank. Sie redet sich durch den Blätterwald in die Dorfgasse.

Gegen 17 Uhr erwacht das tote Quartier. Die Hotelgäste kehren nach Hause zurück. Die Nee-Oma quatscht sie einfach an, sie verstehen kein Donauschwäbisch, nur Bahnhof und Englisch. Die Frau unterm Kopftuchzelt bleibt hartnäckig. An Sommerwochenenden erwachen der Hinterhof und die Garagen. Der kroatische Verein grillt Spanferkel um Spanferkel und feiert Heimat.

Die Tür mit dem Guckloch ist immer im Dienst. Öffnen verboten. Sie dürfen mich nicht zu Gesicht bekommen. Männer. Ich will jemanden sehen oder sprechen. Öffne halbherzig. Bin nicht verschleiert und nicht auf den Kopf gefallen. Alles harmlos. Der wilde Australier fletscht heute nicht. Nach dem Saufgelage biss er den Südamerikaner in den Arm. Das Telefon klingelt. Mutter steht hinter mir. Die chinesische Delegation ist im Anflug. Bin schon verschwunden, mit schulderfüllter Brust im Fahrstuhl in mein EZ im zweiten Stock. Ich öffne den Brief von B. – eine Liebe in Fernbriefen, wie ich sie liebe.

Begegnung im Äther – Nach dem Fest das Fest
Offenbach am Main / Ulm an der Donau / Altfreidorf,
Juni 2016

Nach der Tour durchs Rumpenheimer *Pipatschfeld* lockte mich das Ulmer Donauschwabentreffen im Äther, also loggte ich mich ein. „Kumm her", postet meine Freundin OH. B. meine Busenfreundin grinst. Uns trennt nur eine ICE-Strecke. Die langsehnige OH mit dem kreolen Teint war den dumpfen Dorfschönheiten ein Dorn im Auge: donauschwäbische Avantgarde. Steht sie am *Camin* (Festsaal) und brüllt über die Straße? Auf der Partymeile am Artesibrunnen wurden hundert Hochzeiten und Kirchweihfeste hinter benebelten Akazien gefeiert. Nach Gewalzertem und Polkaritzas stiegen wir aus den Trachten, verließen den staubigen Ballsaal und die strengen Beobachterinnen. Mit aufgelösten Zöpfen in irgendeiner angesagten Sommerküche abgetaucht. „*Schaust aus wie a Hur*" – begrüßte mich Mutter im Morgengrauen, den Federballschläger zur Hand.

Nach den plissierten Kirchweihfesten flüchtete die OH in die Altfreidorfer Parkzone zu ihrem Rocker, Mitglied der Band Phönix, Rumäniens Antwort auf Jethro Tull. Er war ein Star zum Anfassen, zu den Konzerten rumpelte er in der Elektrischen. Als er im Studentenwohnheim *I can get no satisfaction* röhrte, streckten die Gören der Securitate die Zunge raus. Die Charts hinterm Eisernen Vorhang gestürmt.

Auf dem Donauschwabentreffen in Ulm hat jedes Temeswarer Viertel einen Tisch, auch Freidorf, die Akazienallee ist im Artesibrunnen versickert. B.'s Mutter, schlank wie eh und je, schwingt das Tanzbein. Sie versäumte keine Ballnacht, wälzte tagein, tagaus die langweiligen Stoffballen in ihrem Lädchen am Artesibrunnen, stellte uns Gören Fangfragen und gab uns Tipps für ein beschwingtes Leben.

Kürzlich einen Gleistisch mit Text-Haltestellen vom Mainbogen bis zur Donaumündung gedeckt. Die Biografie geht auf Wanderschaft. Temeswar ist dabei in Textfetzen. Nach dem Fest das Fest.

Sechs Uhr dreißig. Fernwelten rauschen ins Kinderzimmer, das Telefunken-Radio. Der Petroleumofen surrt. Bis zur Nasenspitze unter der Tuchent. Eingekuschelt. Mehlige Hände streicheln mein Gesicht, sie duften nach sauren Gurken. Mutter hat Jausenbrote geschmiert. „Aufstehen, Siggi", sagt sie mit weicher Stimme und besorgtem Gesichtsausdruck und verschwindet mit verklebter Schürze in der Küche. Es schmatzt bis ins schummrige Kinderzimmer. Sie knetet Brotteig, wälzt den Klumpen hin und her, lässt ihn in den Weidling fallen. Den Berg deckt sie mit einem Leintuch zu. Vor der Reise in die Knusperhöhle darf er sich am Petroleumofen gehen lassen, schlummern, räkeln und gähnen. Ich springe auf, muss zur Straßenbahn spurten.

Mehlflusen wirbelten im Gang, das bescheidene Giebelhaus stand in Altfreidorf. Mit einer Kippe im Mundwinkel begrüßte uns der Bäcker im schlabbrigen Unterhemd. Wortlos knetete er Teigfetzen für Teigfetzen und beklebte die Fladen mit der lfd. Nummer. Dann schob er sie in den Backofen. Sie gediehen, knusperten mit den Nachbarlaiben. Nach der Schule konnte ich es kaum erwarten, das warme Brot abzuholen. Den Brotlaib in die Häkeltasche gesteckt, nach Hause gerannt, auf den Diwan gefläzt. Mutter legte den ofenwarmen Laib unters Kopfkissen, ein magischer Moment. Wir kuschelten mit dem Brot und pickten an der Kruste. Schluss jetzt, die Gaumenattacke wurde immer hemmungsloser. Mutter schnitt ein knuspriges Endstück ab und bestrich es mit einem Hauch Butter. Mit mahlenden Backen schauten wir Deutschstunde. Viel gelacht und alles verkrümelt.

Der Zug vom Anfang hin zum Ende
Sechs Schwestern und ein Bruder
Temeswar, Altfreidorf, Februar 1979

Die Friedhofsgass versinkt im Februarmatsch. Ein ausgebeulter schwarzer Strumpf wälzt sich durch die Altfreidorfer Allee. Im blassen Kleid stakse ich mit dem Blechkreuz vor dem Trauerzug. Muss das sein? Von der Kettel-Oma kann ich mich nur unterm Kirschbaum verabschieden. Ich will nicht auf den Friedhof – auf ihren Schoß in die Sommerküche will ich. Seit ihrem Tod ist sie kalt. Hätte ich doch Kreide gefressen, wie Max es Moritz zuflüsterte. Mutter witterte meinen ungezogenen Plan.

Hochzeitszüge sind mir lieber. Er tänzelt durchs Dorfherz auf den Spuren der Elektrischen. Meine Tanten, Banater Dallas-Schönheiten mit hochtoupierten Wolkenkratzern in eng anliegenden Jerseykleidern. „S. hat einen exquisiten Geschmack", japst die Quirligste, Mutters jüngste Schwester. Stoffballen in Pastell kullerten aus dem beladenen Mercedes auf die Froschwiese. Vor einigen Wochen. Wie angestachelt kreierte sie Couture nach den Schnitten aus dem Neckermann-Katalog, nur viel zu eng.

Schon scheren die angetrunkenen Brautväter aus. Die Frauen mit Täschchen, die Männer mit Fläschchen. Die Kapelle liefert Blechklänge in Endlosschleifen. Die Wolkenkratzerfrisuren schimpfen wie Berserker, drohen ihren Angetrauten mit Rausschmiss, gar Scheidung – was später in den eigenen vier Wänden ausdiskutiert wird. Minibräute und Prinzen hüpfen vor dem Brautpaar, herausgeputzte Miniaturen. Die Kirchentür fällt zu. Die üppige Kantorin prescht in die Orgeltasten, die Kirche bebt, der verpatzte Chorgesang übertönt die Bärenstimmen, die Kantorin schmettert das Ave Maria, schnäuzt sich die Nase, der Pfarrer wischt sich die Tränen aus dem Gesicht.

Ein Sommeraquarell. Die Frischvermählten tänzeln aus der Kirche zum *Camin*. In Windeseile haben die toupierten Schwestern der Braut die Schürze umgebunden. Sie tauchen aus Paprikawolken auf, allen voran mein Onkel, der einzige Bruder. Sie bringen knusprige Fleischberge, rumänische Krautwickel, goldene Kartoffeläcker an die Tische, lachen sich krumm mit selbstgebrannten Geistern. Dem großen Fressen folgt die Tortenschlacht. Die Jerseykleider zeigen hemmungslose Dellen, Einblicke in die schlecht retuschierte Hochzeitsnacht. Das junge Paar spielt die zweite Geige. Es wird getanzt und gezappelt, dass die Maschen durch die Strumpfhosen laufen, die Brühe tropft aus dem Nylonhemd. Die Hand kurz abgerutscht und auf staubigen Planken gelandet. Die Verhutzelten hocken immer noch da und die triefenden Reste vom Fest.

Nach dem Mitternachtsintermezzo auf dem Friedhof ist die Braut mit zerfledderter Frisur und rosigen Wangen zu den hundert Seelen, den aufgeheizten Turbinen zurückgekehrt. Hoffentlich wird es keine fröstelnde Novemberehe. Die gelben Jerseykleider liegen im hohen Kasten. Wie ein verlassenes Schulmädchen schaut mich das Sieburghaus an, der Gang ist verstummt. Harzige Kränze, totes Geäst mit weißen Schleifen, versilberten Ewigkeitssprüchen. Gemurmel dringt aus dem Zimmer an der Gass. Mit rosigen Wangen liegt sie da. Ich halte es nicht aus, husche in die Sommerküche, zupfe mir einen Trost vom Blechkuchen. Die Kettel-Oma wohnt jetzt in der Hefewolke.

Die Strada Nicolae Filimon hochgerannt, das grüne Blechtor eingerannt. Am Brunnen wirbelte die Kettel-Oma mit ihren Töchtern barfuß, plitsch, platsch. Im eiskalten Wasser wusch sie Spinat, befreite die Frühlingszwiebeln vom schweren Freidorfer Dreck. Sie schichtete das Gemüse büschelweise in den Korb, unentwegtes Geschnatter im Hintergrund. In der unaufgeräumten Sommerküche sprang ich auf ihren

Schoß und schlürfte altrosa Kirschkompott. Wärme kroch aus ihrer ausgebeulten Strickjacke, ich spüre ihren Atem.

Sieben Kinder aneinandergekrallt schreien ins Erdloch. Nur die beiden jüngsten Enkel lachten wie die Irren. Ob sie eine Ohrfeige kassieren? Die Kettel-Oma hätte gelacht.

„Diii-diii!", zischte Ota. Seine Pfiffe hörte sie bis in den letzten Gartenwinkel. Sie rannte barfuß und öffnete ihm das Tor. Hungrig und genervt blieb er auf seiner Pferdedecke sitzen.

An ihr Sterbebett kam er nicht. Sie rief verzweifelt nach ihm. Ihre fleischigen Hände sind in den knorrigen Stamm gewachsen, Erde unter den Fingernägeln. Ich lege mich in ihre Kuhle auf der verwunschenen Bauminsel, es raschelt im Herbstlaub. Der Kirschbaum hat sie verschluckt.

Schlehen
dem Sommer entflohen
im süßen Hemd fault Herbst
in ihren Fußstapfen versunken, Reben
in grünen Höhlen reift Schmerz
barfuß am Brunnen
ihr Weinen vereiste Lachen
ihre Wangen vergehen
blasse Kirschen im Dunst
im kalten Gang Astern
als ob sie zerwehen

Mutter schnappt sich eine Flasche Selters, öffnet die verbeulte Moteltür, atmet den Hotelzimmermief hinaus. Beim Bettenmachen schüttelte sie sich die Altfreidorfer Froschwiese aus den Ärmeln. Trank einen Schluck weiches Wasser vom Artesibrunnen. Das Rinnsal versiegt nie. Es ist März im Acker. *„Te Sieburg-Ota hot so geweint, als ich mich verabschied hob. Eine Träne geht auf Reisen, hot e gsacht."*

Ostern in Ostern
April 2013

Belgrad, fremde Balkanschwester
Frankfurt/Wien/Belgrad/Ostern

An Ostern sind wir in Ostern, da kannst du mit Felix Osternester bauen ... Das rumänische Grenzdorf heißt nicht nur
an Ostern Ostern. Von der bevorstehenden Reise nach Rumänien ist mein Sohn nicht entzückt: Dort stehen kein Toys "R"
Us und kein Raumschiff im fetten Gras, nur Staubwolken und
Paprika. Wir machen Luftsprünge wie Osterhasen. Der erste
vom Mainbogen nach Wien ist geglückt. In Wien-Schwechat
ist die Maschine herabgewalzert. Am Gate zum Balkan, in
den Katakomben aus Beton und Glas, drängen sich Zwi-
schenlandler durch Konzeptläden. Einkaufstüten rascheln
über Grenzen und Kreditkartenlimits hinweg. Noch einen
Braunen aus der Tasse mit dem Meindlgesicht geschlürft,
schmales Wien, entkoffeiniert. Das Kaffeehaus auf unterir-
dischen Beinen ist ein Wunder der Maulwurfarchitektur. Im
Kopf bin ich schon auf dem weizenüberschwemmten Rollfeld
gelandet. Belgrad ist unser nächstes Hoppelziel. Vom Traktorsitz seines Vaters kann Felix Felder heranzoomen und bis
nach Serbien blicken.

Auf dem Rollfeld einen Hauch Wiener Duft erhascht fürs
Déjà-vu. Slawische Sprachmessages stolpern durch die Mini-
aturmaschine. Die Donau kringelt Endlosschleifen, das Wiener Becken ist rasch überflogen. Es wird pannonischer im
Höhenflug ohne Bergspitze. Noch hat der Osterspinat nicht

117

ausgeschlagen, eingehüllt in der Schwarzerde. Vor den Toren von Belgrad landen wir in einer Brache, stottern durch Alleen mit weiß gekalkten Akazien und abgeblätterten Plattenbauten. Titos Hemdsärmel bröckeln an Fassaden. Struppige Hunde ohne Herrchen kreuzen lässig Blechlawinen. Die Belgrader scheuchen uns durch abgasgeschwärzte k. u. k.-Schnörkel Richtung Altstadt. Der Milošević-Bunker hängt in Fetzen, ein Glashaus reckt sich in den Vojvodina-Himmel.

Am Ziel. In einer Sackgasse wirft das Hotel Moskwa einen smaragdgrünen Blick auf die schlafwandlerische Donau. Auch Towarischtsch Lenin ist in den steilen Gemächern abgestiegen. Das FC-Barça-T-Shirt lockt die Jungs an der Rezeption aus der Reserve.

Wir fliehen aus dem verstaubten Brokatpalazzo in die pulsierende Altstadt. Nike-Shops drängen sich bis zur Türkenmauer, die Belgrader sind sportbegeistert, die attraktiven Verkäuferinnen erschöpft. Kein Wunder bei den unbegrenzten Öffnungszeiten. In einer Nische Ikonen, Gehäkeltes und Tand, bemalte Ostereier aus dem Koffer. Fliegende Händler haben ihre Schätze ausgebreitet. Eine eingenerzte Ukrainerin führt ihre knallige Pelz-Schapka vor; alles darf anprobiert und probiert werden, Blätterteig und Schafskäse on top, die köstliche Therapie gegen die Osterfrische.

Der Sternenhimmel prächtig, verabschiedet haben sich nur die Altstadtlaternen.

Ein Mädchen steht an der Ecke. „Was wälzt sich um ihre Schulter?", zischelt eine bange Stimme in mir. Eine weiße Schlange. Sie trägt die lebendige Stola mit der Würde einer orientalischen Fürstin. Ein Lichtlein brennt, wir verziehen uns hinter die milchigen Fensterscheiben einer Kneipe mit karierten Tischdecken. *Srpski Salat* – Paprika, *Paradeis* und Schafskäse – ein untouristischer Glücksfall. Mehr brauche ich nicht, um in Belgrad anzukommen. Nur einhundert Kilometer von der karierten Tischdecke entfernt, unter unserer Laube im vor-emigrantischen Temeswar, stand auch der matschig süße Paradeissalat auf dem Tisch. Ein anderer Andreasgraben trennte die beiden Balkanschwestern Belgrad und Temeswar: der Eiserne Vorhang. Open Doors. Die Belgrader Nachbarn kamen personalmente über die schwerbewachte Grenze gehoppelt. Ihre weißen und schwarzen Fiats – eigentlich Zastavas – waren vollgestopft mit den Raritäten, die weder in der Schwarzerde noch in den sozialistischen Schaufenstern gediehen: Filterkaffee, Vegeta, Feinstrumpfhosen.

Aus den weiß-schwarzen Miniaturen stiegen prächtige *Razen* und *Razinnen*, slawische Anna Magnanis, sie machten „Bischnitz", business. Der Schwarzmarkt florierte in der Autoschlange am Josefstädter Markt. Leergekauft und vollgestopft mit der exklusiven Paprika aus Triebswetter und frischem Schafskäse vom Schofhalder, brausten sie zurück nach Beograd. Die Temeswarer starrten ihnen nach und warteten auf die Elektrische und auf die Freiheit. Abends flimmerte Srpski TV durch den Eisernen Vorhang. Außer *dobar dan* und *laku noć* kaum was verstanden, die fremde Freiheit herausgefiltert, eintätowiert. Wir glotzten durch Titos Röhre über den Grenzzaun bis in die blinden Fernsehstreifen. Ich brauche kein Mitternachtsdessert. Nun verschwistert mit Paradeiser und Paprika aus Beograd, hab ich im Hotel Moskwa dreißig Jahre überstrapazierte Heimat mit Sliwowitz hinuntergespült. Den „Bischnitz"-Termin und die After-Work Party mit der Belgrader Schickeria lass ich sausen und falle in den federleichten Schlaf der Bohème.

Well done, zwischen Nacht und Tag ist S. eingetrudelt, fast wäre er die steile Treppe heruntergepurzelt. „Du hast was verpasst, imposante Gestalten mit kantigen Gesten, Volleyballtypen, weiße und schwarze Katzen trafen sich in einem slawischen Palais. Welches ‚Bischnitz' sie treiben, hat mir keiner verraten". Ist das so wichtig? *Laku noć.* Kusturicas weiße und schwarze Katzen haben sich von den Dächern geschlichen.

Heiles Belgrad an Karfreitag. Wir radeln auf der Uferpromenade der milchigen Save. Hutkrempen und High Heels sind hier der Renner. Nach dem loftigen „Haus an der Save" endet abrupt die Promenade. Meine Fahrradkette springt und sitzt und springt wieder. Rostige Lachen, verlassene Schiffsbäuche schaukeln in dem grünen Fluss. Holzhäuschen auf Ölfässern, schwimmende Datschas. *Pljeskavice (Hacksteaks)* rauchen, der Straßengrill leibt und seelt, im Gebüsch grölt Balkan. Am Rande von Belgrad wohnen die Kriegschronisten. Ein grandioser Zahnstummel starrt aus dem Schilf, ein Brückenpfeiler. Das EU-Projekt dokumentiert die Namen der Investoren, sie sind nicht zu übersehen. Die nächste Generation soll genesen. Sie ist ausgezogen. Haben sich die Flüsse regeneriert?

Die Save macht einen Knick, bevor sie sich in den üppigen Rock der großen Donauschwester schwingt. Seltsam, wie vertraut mir diese Balkanschwester ist.

Wir fahren ins Blaue, ins Schwarzerdige. Jedes mickrige Samenkorn gedeiht in der saftigen Erde. Vor Urzeiten dümpelte hier ein Meer, das Pannonische. Eine grüne Rhapsodie mit amerikanischen Dimensionen, die Vojvodina.

Himmel frisst sich ins Feld. Im Planwagen preschte meine Nee-Oma über die Äcker auf den Kikindaer Markt. Die Porzellantasse mit der Szene aus dem Zigeunerbaron ist ein Mitbringsel ihres Vaters von dort. Mund stolpert über slawische Namen, Nee-Omas Erzählfetzen im Osterwind. „Wir sind nicht mit den Deutschen geflohen" … „*Oameni buni, nu plecati!*" – „Geht nicht fort, Freunde", flehte uns der rumänische Pope an, „Euch wird nichts geschehen, wir leben seit zweihundert Jahren in Frieden miteinander."

Es kam anders. Im Juni 1951 wurde die Vierundvierzigjährige aus ihrem Obstgartendorf in die südrumänische Steppe deportiert und unter freiem Himmel ausgespuckt. Sie grub ein Erdloch für Vater und ihre Eltern, ihre erste Behausung war ein *bordei* (eine Erdhütte). Nach fünf Jahren kehrten sie ausgemergelt zurück. Das Herrenhaus hatte sich die Partei unter den Nagel gerissen. Ihr blieben die Hacke und ein Arbeitsplatz in der Kolchose. Erzählte sie immer wieder, ich saß im zugigen Fenster, durchwühlte die Schachtel mit schwarzweißen Postkarten aus Wien, opulenten Osterhasen, und hielt mir die Ohren zu.

Im November 1980, fast ein Jahrzehnt bevor der Eiserne Vorhang zum alten Eisen kam, saß die Dreiundsiebzigjährige wieder auf hastig gepackten Koffern, als Spätaussiedlerin. Der Stadtfrisör hatte ihr eine zarte Wasserwelle verpasst, das trübe Kopftuch hatte sie abgelegt. Ihre Habseligkeiten verpackte sie mit größter Sorgfalt: die Singer-Nähmaschine, ihre Musterblätter, die Porzellantasse aus Kikinda, ein Bündel Akten und zwei Postkarten von Großvater aus der russischen Gefangenschaft, zwei Lebenszeichen in zehn Jahren. Mit dem Befehlston der Grenzler im Nacken warfen wir unseren Plunder in den Ostcontainer. Zum Glück war die Nee-Oma nicht dabei, sie war marod und hütete das ausgeräumte Haus in der Temeswarer Zitronenstraße. An einem milden Novembermorgen stieg die fünfköpfige Familie in den Sonderzug nach Nürnberg. Er raste durch die Puszta, kam in Linz zum Stehen. Ein prächtig geschmückter Christbaum stand vor dem Sonderzug. Sie hatte wässrige Augen.

Eine Handvoll Sätze aus ihrem Mund hat sich in mir sedimentiert, eine Handvoll Sätze in die ausgeruhte Frühlingserde gestreut. Ihre Geschichte ist in die Lücke gefallen. Ob sich die Lücke schließt?

„Wann sind wir in Ostern?", fragt mein Sohn erschöpft.

Wo beginnt der Grenzstreifen, wo hört er auf? Das wissen nur der Kukuruz und die Grenzler. Rumänische Grenzler, Menschenjäger.

Der gepanzerte Dacia
1976 oder 1977

Das Giebelhaus steht am Rand von Ostern, die einzigen Nachbarn sind die Friedhofssteine und die schwerbewachte Grenze. Großvater ist nervös, schon wieder steigt er auf den Dachboden. Die Kinder sind im gepanzerten Dacia über die Grenze gebrettert.

In der warmen Stube zappelt die Enkelin auf Großmutters Schoß, sie spielt mit ihren wuchtigen Händen. Die sonst so besonnene Frau im großgeblümten Jerseykleid schaut unruhig in den milchigen Himmel. Wind pfeift durch Fensterritzen. Ob ihre Tochter und ihr Schwiegersohn in Jugoslawien heil angekommen sind, ob sie erwischt wurden? Vor etwa vier Stunden sind sie in den gepanzerten Dacia gestiegen. Der Feldmesser kannte den Todesstreifen wie seine Westentasche. Das Gaspedal durchgetreten, die Grenzschranke durchbrochen. Sie sprangen aus dem Auto, rannten um ihr Leben über die Grenze. Eine der Ausreißerinnen blieb stecken, drehte durch, wurde von den Anderen mitgerissen.

Großmutter schaut auf den versteinerten Friedhof. Die Zitterpartie ist nicht vorbei. Die Kinder haben zu viele amerikanische Filme geschaut. Ihre Enkelinnen rennen hinaus. Wo ist Mama? Eine ausgebeulte Plastikplane wirbelt über den Hof, der Dacia ist verschwunden. Hier wurde er heimlich gepanzert.

Maispuppen lungern im abgeernteten Feld. Ein weißer Dacia schlittert über die leere Landstraße nach Arad. Fast ein Jahr ist vergangen. Großmutter trägt das geblümte Jerseykleid, die beiden Enkelinnen auf dem Schoß. Noch elf Stunden trennen sie von Mama und Papa. Sie steigen allein in den Sonderzug nach Nürnberg. Die Ältere hält den Ausreisepass in der einen Hand und ihre Schwester an der anderen. Die geliebten Großeltern fahren zurück nach Ostern. Die Familienzusammenführung Ostern-Nürnberg dauerte zehn Monate und zwei Jahreszeiten. Die Bond-Aktion inspirierte die Banater am südosteuropäischen Zipfel des Eisernen Vorhangs.

Erdwandlungen und Grasoperetten
Ein Grenzdorf

Pendler mit Einkaufstüten radeln hin und her. Eine junge Frau in zerfledderter Uniform taucht aus dem Grünzeug auf, durchblättert lustlos unsere Pässe. Die rumänische Grenze ist ein Witz. Sie wandert inwendig.

Die Landstraße schlängelt sich in langen Streifen nach Ostern, rumänisch *Comloşu-Mic*. Silberpappeln rauschen und glitzern. Ein weißer BMW mit Bukarester Kennzeichen überholt uns im Affentempo. Ein Pferdewagen trottet auf der Entschleunigungsspur, vertrauter Weglaut.

Gleich sind wir da. Nach der abgeblätterten Kirchturmspitze biegen wir links ab. Diesmal bleiben wir nicht stecken, die Krater sind trocken. Kinder in Jogginganzügen turnen durch Ruinen. Nach dem Exodus der Donauschwaben verpflanzte Ceauşescu Neuankömmlinge in stattliche Häuser. Sie machten Kleinholz aus Parkettböden, rissen hundertjährige Kachelöfen heraus.

Das Eckhaus mit majestätischen Fenstern und feuchtem Angesicht ist die Königin im Graslabyrinth. Ein Blondschopf wartet am Tor, Felix. Mein Sohn springt aus dem aufgeheizten Blech, Licht und Schatten wälzen sich unter Akazien. In saftigen Nischen wuseln Küken, paradiesische Gammler zirpen Grasoperetten. Felix hält ein Schneckenhaus im Fäustchen, summt *Melc codobelc*, den rumänischen Schneckenvers. Für dich!

Wir tapsen durch die Gasse. Der Baumschatten hat sich in den Friedhof verpflanzt. Der Friedhofswächter schielt durch die Hornbrille, begrüßt uns im einheimischen, „Kumluscher" Dialekt, liest Namen aus der letzten Dorffibel vor, den Grabsteinen. Wie eine zerfledderte Dahlie wartet das letzte Haus vergeblich auf einen Anstrich. Wind macht sich aus dem Staub über die Grenze nach Serbien.

Morgen kommt der Osterhase, lass uns mit den Osterkindern Osternester bauen!

Ostersonntag. Die Aussicht aus den majestätischen Fenstern ist ein Haus ohne Dach und die Kuh auf der Gass'. Hundegebell mischt sich ins Klappern der *toacă*, rumänisch Läutebrett. Die Osterkinder schlafen fest. Ich taste mich durch den hohen Raum in die Küche. Hinter Milchglasornamenten schäumt meine Lenka-Tant frische Kuhmilch und tischt auf: Sie legt Büschel junger Zwiebeln und Radieschen auf den Teller, stellt einen Riesenkorb Ostereier auf den Tisch, auch der prächtige Hefezopf fehlt nicht. Mutters ältere Schwester pendelt zwischen den Welten. In Ostern hat sie nicht nur vor Ostern alle Hände voll zu tun. Ende März, wenn die Kälte nicht mehr zwickt, schließt sie ihre kleine Wohnung im hessischen Langen ab, um die wärmere Jahreszeit in Ostern zu verbringen, bei ihrem Sohn, ihren Enkeln, dem Gewusel im Garten und im Hof, bei den frischgeschlüpften Küken, den betagten Hennen. Auch wenn ihr die Knochen wehtun und sie der Anblick des verwilderten Banats schmerzt, der Bauernhof belebt die rüstige Siebzigjährige.

Mit einem zweiten *Teppel* Kaffee ziehen wir um unters Schuppendach. Stämmige Weinrebenstümpfe säumen den roten Gang – Anfang Juni entfesseln sie ihr herrliches Blätterdach.

„Wie alt sind die Reben?"

„Na, fast ein Jahrhundert alt, so alt wie das Haus."

Die deutschen Besitzer wanderten aus, verscherbelten das Anwesen an eine Romafamilie. Hannes, Lenka-Tantes Sohn, kaufte das heruntergekommene Haus.

Unterm Schuppendach packe ich mein Geschenk aus, eine Zeitreise in die heimliche Schokoladenmanufaktur meiner Lenka-Tant, nach Fratelia. Ende November 1975.

Es ist ein langer Trott bis ins Konditorenreich meiner Lenka-Tant. Fratelia, die Vorstadt der Kontraste, liegt hinter der kolossalen Betonbrücke im Südwesten von Temeswar. Mutter hat uns eingemummt, passend zum Novemberhimmel. In roten Gummistiefeln hüpfen wir über geheimnisvolle Pfützen. Die Freidorfer Ruinengasse feiert mit den Asphaltlöchern ein Schmierentheater. Selten wirbelt hier ein Lkw Staub auf. Hühner gehen ein und aus, ihre Hinterlassenschaften hat der Frost neutralisiert. Wo der Zement ausgegangen ist, bleibt vom enthusiastisch begonnenen Hausbau ein Werk mit zugigen Fenstern. Aus Rillen klafft Betongras. Wieder flanieren wir durch die braune Suppe. Platsch, die Socken sind klatschnass und die Ohrfeige sitzt.

Maispuppen gammeln im nackten Feld. Die Ruinengasse endet abrupt, wo Otas Maiswald beginnt. Mutter marschiert stoisch weiter, kein Weg führt uns querfeldein durch gefrorenen Matsch und schlummernde Beete in die aufgeheizte Sommerküche meiner Kettel-Oma. Sie erwartet ihren quirligen Enkelhaufen mit Hefekuchenbergen. Die trostlosen Wegweiser durch die Barackenstadt sind die Strommasten im Feld. Totschlag durch Blitz ist kein Ammenmärchen, Drohgebärde gegen aufmüpfige Kinder. Das Elektrizitätswerk hat abgeschaltet. „Wie lange ist es noch hell?", frage auch ich den unsichtbaren Portier.

Aus verhedderten Dächern starren Buden mit dunkelgrauen Gardinen, zusammengeschrottet, aneinandergeklebt. Kinder mit verschmierten Gesichtern wühlen sich durch Müllberge, suchen ihr Spielzeug.

Mein Glitzersack ist nicht in den Dreck gefallen.

Heiligabend, der Christbaum ist mit Salonzucker geschmückt. Als Christkind erscheint meine Tante im Brautkleid. Vor mir türmt sich ein Orangenimperium. Ich werde es verschlingen, bis in meinen Mundwinkeln der Zitrusbrand aufflammt.

An einem geheimnisvollen Dezembertag wird das Christkind einen Riesenlaster Orangen und Bananen nach Temeswar eskortieren. Für ein Kilo werden Mutter, Vater und das halbe Banat Schlange stehen. Dann ist endlich Weihnachten, zwischen Orangen und Salonzuckerbergen.

Die Betonbrücke wirft ihre Schatten über die Barackenstadt. Es zieht und dröhnt infernalisch. Hastig die Hand in Mutters Manteltasche versteckt. Wir balancieren über Schienen und Müllhalden, tauchen an die Oberfläche der Schager Straße. Fratelia salutiert uns mit Dreckwolken und Benzingestank. Vis-à-vis thront Titis Mini-Tankstelle, die einzige weit und breit.

Nur hier gibt's Kanister direkt aus der Pipeline unter der Ladentheke gegen größere Scheine. Wir hasten brav an Mutters Rockzipfel über die Schager Straße an Arbeiterkasernen mit den Tag- und Nacht-Trunkenbolden und ihren Holden vorbei, biegen in die Straße der gepflegten Bürgerhäuser ein. Aufatmen. Schon steigt mir Schokoladenduft in die Nase. Ein Jugendstilhaus an der Ecke, die Fassade gelb wie Buttercreme. Willkommen im Konditorenreich meiner Lenka-Tant, der Glasgang ist mit Schokoladenspuren übersät, das Vorzimmer mit Antiquitäten und „Schokoladenschnörkel" bestückt. Unsere Erbstücke sind vom Kriegswurm zerfressen oder die Roten haben sie ausgeräumt. Hereingestolpert, mit erdigen Klumpfüßen …

„Na, jetzt kummt endlich rein! Es ist kalt!", flötet die Lenka-Tant.

Mit Marzipangesicht und verschmierter Schürze sieht sie aus wie eine Schokoladenbraut. Pistazienduft hängt in den Gardinen, in den rosigen Kakteen.

Das ganze Haus hat sie in eine Zuckerbäckerei verwandelt.

Tisch und Stuhl und Diwan sind mit Laken bedeckt. Auf dem Esszimmertisch werden Schokoladenflächen mit Herzen und Schichten aus Pistazien und Nougat belegt. Die beiden Geschwister tauchen kolossale Messer in heißes Wasser, schneiden das Schokoladenfeld in Streifen und Dominosteine. Die Pralinen werden in weißes Seidenpapier gehüllt – Fransen, mit der Papierschere geschnitten – und zum süßen Abschluss in ein Mäntelchen aus glänzendem Stanniol eingeschlagen.

Das Salonzuckerl ist nun geboren. Mit einer Fadenschlinge um den Hals verwandelt es den Tannenbaum in einen Christbaum. Stück für Stück haben wir den Christbaum „ausgenascht". Damit keiner was merkt, hängen wir den ausgebeulten Glanzpapierbauch an den Christbaum als Weihnachtsjuwel.

Mit warmem Schokoladenabfall rennen wir hinaus ins Hundegebell. Der Gesprächsstoff der beiden Schwestern ist bitter, der Gang mit Mehl und Zuckersäcken zugestellt. Im Labor in der Josefstadt stapeln sich die süßen Reserven. Dort trifft man sich zwischen Regalen mit angebräunten Tortenböden, Zuckerrosen in Pink. Mein Onkel ist Konditor und Lagerverwalter in Persona. Der Salonzucker wird hier face to face bestellt, pfund- oder kiloweise, je nach Portemonnaie. Der Preis ist fix. Mit einem Schluck Cognac wird die angemeldete Kundschaft begossen, im Vorweihnachtsrausch die Misere hinuntergespült. Auch andere Tauschgeschäfte florieren: zum Beispiel ein Sack Zucker für einen Sack Zement. So werden auch Asphaltlöcher zugebuttert, eventuell nach Weihnachten.

Noch sind die Vorräte der Schokoladenmanufaktur nicht aufgebraucht. Im Familienverbund der sieben Schwestern wird am laufenden Band lasiert und karamellisiert, was den abenteuerlichen Fußmarsch nach Fratelia versüßt. In der Hauptsaison liefern wir aus, zu Fuß, mit der Straßenbahn oder mit dem Fahrrad, der Lohn ist Schokoladenbruch.

Mutter jagt uns hinaus, hier gibt es keine Uhrzeit, nur Nacht und Tag. Eine gebrechliche Straßenbahn orgelt durch Fratelia, die Laternen leuchten nur im Grimmschen Weihnachtsmärchen. Die Nachtgasse verschlingt die hampelnden Geschwister im Schokoladenbauch. Ein Fetzen Glanzpapier raschelt in meiner Manteltasche. Wie elektrisiert tanzen die Geister durch die Barackenstadt.

Zurück unters Schuppendach. *„Das war eine Pantscherei, kannst dich noch erinnere? Es ganzi Haus wor in arende!"* – Das ganze Haus stand Kopf. Lenka-Tant lacht wie eine Schokoladenbraut. Es war kein zuckersüßes Leben, und doch haben wir viel gelacht. Es ist Ostern in Ostern.

Mittlerweile sind auch die Osterkinder aus dem Nest gefallen. Im Hof der orthodoxen Kirche wuselten in der Osternacht die Hasen und die Lämmer. Felix macht sich barfuß auf die Suche nach seinen Kätzchen. Die Lindt-Osterhasen reizen ihn nicht. Wie wär's mit Salonzucker, ich meine das Original aus Fratelia, nicht die Kopie aus dem Budapester Online-Versand …

„Besuch mich doch in *Taitschland!*" Lenka-Tant zieht mich zu sich, umarmt mich, im hessischen Langen begegnen wir uns seltener als im Banater Parallelogramm.

Servus!

Felix will meinem Sohn noch die *Balta* zeigen.

Schilflied
Die Balta

Ein Feldspaziergang im Dacia mit Traktorschlappen, die Osterkinder lachen sich kaputt, wippen im Takt der Schlaglöcher. Es stinkt bestialisch. Angekommen im schlammigen Paradies. Der Tümpel versinkt im Schilf und die Sonntagsangler fachsimpeln oder schweigen. Ein Angler schenkt Felix eine Handvoll *stiucas*, Fischwinzlinge. Sie flutschen aus der *Punga*. Seine Laune kippt – und der Kahn mit Besatzung. Die schweigsamen Ufergestalten lachen.

Einfach loslaufen ins Vibrieren der Grasnerven. Die Horizontschnur zieht mich ins Feld. Die Osterkinder winken hinter Schilfbiegungen. Es ist Zeit umzukehren.

Mein Sohn hat eine Banater Patinaschicht. Er steigt lustlos in den Skoda, Felix in den Dacia. Am liebsten sitzt er auf dem Traktorsitz seines Vaters. Als Kind hockte dieser am liebsten auf Otas Kutschbock. Noch eine Geschichte: Ich entführe die Osterkinder in Otas Fiaker ins Dorf der Gänse. Die wackeligen Brücken wurden repariert. Wir federn jetzt dorthin.

Eine Spritztour in der Kalesche ins Dorf der Gänse
Altfreidorf-Sacklas, Sommer 1974

Die Sommerküche dampft. Eine blonde Invasion Cousins und Cousinen, Tanten und Onkel sind ins Hefeparadies der Kettel-Oma eingefallen. Nur mein Sieburg-Ota ist mit Pferd und Wagen abgedampft.

Mit einem Stück Hefezopf im Schnabel taumeln sechs oder acht Enkel gelangweilt hinaus in die Affenhitze, durchforsten Vergilbtes, kratzbürstige Ranken. Nichts Aufregendes entdeckt, bis auf Baba Jagas Schattenspiele an der langen Lehmmauer des Nachbarhauses und die grellen Gladiolen.

Meine Tanten haben sich verkrochen, Rex hat sich in sein Schattenhaus verzogen. Fruchtwolken verdüstern sein Revier unterm Maulbeerbaum. Auberginenfarbener Dreck mischt sich mit spinatgrüner Hühnerkacke. Maulbeeren klatschen in den Staub, formen Kringel aus lila Saft. Nach einem Fallfruchtanschlag ist die weiße Nylonbluse ruiniert, da hilft auch keine Kernseifenmassage. Sie wird keine Pionierkrawatte mehr zieren.

Ohnmächtiges Gegacker klettert die Tonleiter hoch. Hannes jagt die Tonangeber durch den Schuppen, er will Bauer werden, wie Sieburg-Ota. Gerd, der andere Blondschopf, grinst und hält sich die Nase zu, er wird Astronaut. Moder und Mist wecken keinen Forschergeist. Rex bellt, das Blechtor klappert. Wir stürmen aus dem Schuppen.

Eine Kalesche, ein lackschwarzer Fiaker aus Wien oder aus einem Film, rollt in den staubigen Hof. Auf dem Kutschbock thront der Sieburg, er schnalzt „Hüüüüü".

Fünf oder acht Nasen und Näschen haben im Nu das Juwel umzingelt.

„Ota, hast deinen Pferdewagen verkauft?" fragt der vorwitzige Kleinbauer.

Er springt vom schmalen Kutschbock, herausgeputzt. Angeschickert ist er heut' nicht. Wieder hat er in opulentem Parfum gebadet. Die Rasur-Nonchalance übertönt Cognacwolken. Rudi schnaubt, Ota schnauft. „Auf, wir machen eine Spritztour an die Bega!" Kein Nein, kein Vielleicht, kein Hü noch Hott. Neun Gören bestürmen das wackelige Gefährt, drängen sich auf den schmalen Kutschbock. Ich klebe an Otas Nylonhemd, er schwingt die Peitsche, die Pferdedecke stinkt.

Die Kalesche schüttelt uns hinaus auf die Strada Nicolae Filimon. Leicht hinkend, wie eine Madame auf Stöckelschuhen, wackelt die Sonntagskutsche mit frischer Fracht durch die aufgewühlte Straße. Meine Tanten laufen barfuß auf heißen Pflastersteinen mit einem schiefen Lächeln im Gesicht. Sie haben das Nachsehen, vielleicht ein bisschen Nachsicht. Auf brennenden Sohlen hüpfen sie zurück zu den leiseren Tönen der Kettel-Oma, unter den gemütlichen Hefezopf. So ist er halt, der Alte wirbelt gern Staub auf mit seinen Enkeln und Rudi. Steinauf, steinab, im Takt, haarscharf den Straßengraben gestreift, die Jungs sind begeistert. Hochgeschaukelt und mit einem „Huuuiiii" auf dem Schleudersitz gelandet. Der Kutscherriese bringt die Zwergenschar ins Schwitzen. So dicht am Straßengraben ist mir das Lachen vergangen. Diese Spritztour ist eine Tortur. Schweißgebadet halte ich die Luft an, die grüne Pferdedecke stinkt nicht mehr.

Wir rasseln auf die Breite Gass, die Kalesche trabt geschmeidig durch die Allee mit den Sonntags-Prinzessinnen und -Prinzen hoch zu Ross. „Di-Di," Ota pfeift, die Brühe läuft durchs weiße Nylonhemd. Rudi tänzelt im Rhythmus zu Otas Refrain, „Di-Di, Di-Di ..." Das Altfreidorfer Wirtshaus ist im grünen Schlund verschwunden, Pappeln glitzern am Bega-Damm. Vor uns der Horizont, Asphalt und Pappeln, Richtung Utwin.

„Brrrrr!"

Wieso schwenkt Ota ins Feld?

„Hüü!"

Wir wackeln durch Wiesentupfer, verrostetes Gras, ledriger Mais streift die Haut. Der quirlige Haufen balanciert.

„Ota, wo fahren wir denn hin?

„Nach Sacklas", antwortet er schnittig.

In Sacklas wohnt die Kathi-Tant. Wär ich jetzt ne Maus, ich würde ins Feld springen. Unter der Tonnenlast wird die Kalesche zusammenbrechen.

„Dieser Weg soll nach Sacklas führen?", fragen sich jetzt auch die Jungs.

Ota pfeift. „Hüüü!", Rudi quält sich den Hang hinauf. Die Bega-Brücke klappert wie ein Gebiss. Mit zappelnder Fracht rumpeln wir über geflickte Planken, die inoffizielle Brücke nach Sacklas. Ich starre in infernalische Tiefen. Im Bega-Kanal wäre auch Mutter fast baden gegangen. Unser Rettungsanker ist die Kirchturmspitze am Horizont.

Ohne Ave Maria rollen wir durch die breite Gasse, mein Blumenkleid stinkt. Sacklas ist reich an Wasserlachen und besitzt ein Gänse-Imperium. Gänsedreck schillert in der Sonne, Gänsefedern schweben durch die Luft, im Hahnenkampf auf der Wiese. Kathi-Tant rupft das Federvieh, die Daunen wandern in behagliche Kissen. Wenn im Spätherbst frischer Flaum nachgewachsen ist und die gestärkten Trachtenröcke für das Kirchweihfest bereit sind, werden auch die Gänse ein zweites Mal gerupft. Sie irren nackt durch Hof und Garten. Nach der Tortur gibt es fette Gänsebrühe mit Riesenaugen.

„Brrr!" Die Gänsewiese! Die aufgeregte Kathi-Tant steht hinterm Lattenzaun. „*Na, to senn se, die Kenner!*", kreischt sie erleichtert, was im gedehnten Sacklaser Dialekt etwas wehmütig klingt. Wir springen vom Kutschbock, stürmen in die Sommerküche. Gänsebraten, was sonst. Ota schnauft, er hat sich einen Wermut verdient und Rudi einen Eimer Würfelzucker.

Das Dorf der Gänse, Sacklas
Ein Wiesenbissen, Drama und Traum

Sacklas, das Dorf der Gänse, ist mit einem Storchenbein im Banater Sumpf geboren. Wiesen und Wasserlachen sind geschrumpft. Junge Ruinen, Villen mit Türmchen sprießen auf den Feldern. Fast alle Sacklaser sind ausgewandert, doch die Kirchturmspitze lässt den Kopf nicht hängen. Ein Vier-Sterne-Kasten blinkt neben dem Dorf-Dom. Eine Storchenfamilie nistet auf dem Dach der alten Schule. Wir folgen den Gänsefedern, drehen uns im Rondell, kehren zurück ins Dorfherz. Auch nach dreißig Jahren ist der Kirchplatz immer noch die Dorfkonstante. Zwei Polizisten haben unser Belgrader Kennzeichen auf dem Schirm. Ausgesprochen freundlich eskortieren sie uns auf die Gänsewiese, anders als die Polizisten meiner Kindheit mit ihrem uniformierten Ton. Zicklein, Kinder tollen im Graben, die Osteridylle wandert erst morgen in den Topf.

Wie ein frisches Bauernhemd strahlt das Giebelhaus der Kathi-Tant. Meine Cousinen mit Hauptwohnsitz in Süddeutschland und Sommerküche in Sacklas haben das heruntergekommene Erbe zu einem Schmuckstück restauriert.

Der Lattenzaun ist verschwunden. Damals spähten Hund und Huhn durch die Ritzen, als wir nach der Spritztour in Otas Kalesche ankamen. Eine Mauer schützt heute das putzige Haus vor ungebetenen Gästen. *„Na, to senn se endlich!",* begrüßt uns der Hausherr. Meine Cousinen haben alle Jahreszeiten aufgetischt. Eine Wassermelone liegt frisch aufgebrochen da, Schafskäse und Mohnstrudel vom Josefstädter Markt. Die beiden Schwestern lachen über den Tisch in das riesige Melonengrinsen. Ihre Stimmen schwingen zusammen, fallen auseinander. Ohne dieses Klanggemälde säßen wir im Dorfmuseum, zusammen mit den Scherben. Ihre Gesichter gezeichnet, die blonde Haarpracht unverkennbar. Die

Krankheit der Jüngeren hatte sie entzweit. In ihren Handknochen, in den Gesten hat sich der Schmerz eingegraben. Ein riesiges Gemälde verschlingt die Stube wie die Wassermelone den Tisch: Das Kirchweihfest. Die Mädchen in Tracht ungeschminkt mit enganliegenden Kopfschmerzfrisuren, ihre Röcke wippende Lampenschirme. Mit Argusaugen verfolgen zwei alte Frauen das Spektakel aus dem Fenster.

Nicht nur zum Kirchweihfest drehte sich das ganze Banat in der Tracht, zum Walzer schleppend, zur Polka schnittig. Eine Collage ohne Ankunft. Der Hausherr zerrt mich vom Trachtenspektakel an der Wand.

„Na, jetzt kommt endlich, der Pope erwartet uns."

Noch bin ich gefangen in den gelben überzuckerten Trachtenröcken. Ein schriller Ton, meine Nichte kommt hereingewirbelt, flachsblond wie ihre Mutter.

Hierzulande dehnen sich die Besuche wie Landler. Die sprichwörtliche rumänische Gastfreundschaft zieht alle Register. Zwischen Ikonen, Schafskäse, Fleischbergen und Selbstgebranntem intoniert der sympathische Pope ein rumänisches Osterlied. Der Hochprozentige hat die Zungen gelöst, das Abendmahl verläuft kreuz und quer. Verdrängtes kommt auf den Tisch, eine übermäßige Dosis.

„Ceaușescu hat uns verkauft und Kopfgelder kassiert!" Mein angetrunkener Onkel wirkt aufbrausend und traurig zugleich. Mit Samt in der Stimme mischt sich der Gastgeber in die Eskalation. Er sei nach dem Dorfexodus nach Stuttgart gereist, in die neue Heimat, um um Unterstützung für den Erhalt der katholischen Kirche zu bitten, vergeblich.

Das Abendmahl der Sacklaser Vielfalt endet turbulent. Wir packen den Streithahn, wanken durch die Nachtgasse. Es ist stockdunkel, Hunde jammern im Dorfgrund. Wehmut und Wermut verfliegen an der frischen Luft, der Streithahn hat sich beruhigt. Wir fallen todmüde ins Ehebett im Zimmer an der Gass. Das Gepäck lassen wir im Gang stehen.

Ich lege mich ins Leinenfeld unter die rote Atlas-Stepp-
decke. Kirschrot oder rosa wie blasse Kirschen, jedes Banater
Emigrantengepäck hatte eine dabei. Es quakt und plätschert
auf der Gänsewiese. Mit einem Kopf wie ein Dorf und steifem
Genick unter der wohltuenden Kühle der Steppdecke aufgewacht. Ist heute Montag oder Schontag? Mein Atlas liegt zwischen den Welten, in der Lücke zwischen Landler, Balkanova
und Rhein-Main. Es ist Ostermontag. Ich taste mich durch
den winzigen Glasgang. Die Melonenscheiben sind grau, ein
vertrockneter Mohnstrudel liegt auf dem Teller. Schweigsame
Visagen gehen sich aus dem Weg auf der dringenden Suche
nach einem Visagisten. Die gelben Röcke an der Wand leuchten immer noch phänomenal. Rumänische, schwäbische
Wortfetzen, Witze federn durch die Lehmmauer. Sie sind
schon da. Die deutsch-rumänische Delegation aus Sacklas
begleitet uns auf die *Ruga*, auf das orthodoxe Kirchweihfest
ins rumänische Torac nach Serbien. „Nichts vertragen diese
Wessis", schmunzelt Ducu, als wir aus dem Haus kriechen. Der
blauäugige Ex-Sacklaser schwäbelt rough: „Vor dreihundert
Jahren lebten in Sacklas Wlachen. Sechsundsechzig wlachi-
sche Familien wurden in die Vojvodina, ins heutige Serbien,
verpflanzt. Auf Anordnung der k. u. k.-Krone mussten sie ihr
Dorf für die ersten Ansiedler aus Lothringen und Trier räu-
men." Die Nachfahren des „Sechsundsechzig-Häuser-Dor-
fes" leben heute im serbischen Torac. Torac und Sacklas sind
seit Jahrhunderten verbandelt. *Hajda!* Im frischen Osterwind
durch Banaterra, das ist ein interkultureller Ostermontag. Mit
Balkanwitz und Koffein weicht die bleierne Schwere.

Der Kilometerzähler trabt durch tote Orte, Wind fegt über
spinatgrüne Felder. In Torac heruntergelassene Jalousien. Die
Messe pulsiert unter der blauen Kuppel, zwischen farbenfro-
hen Ikonen vibrieren Stimmen im Choral der Popen. Es ist
ein Kommen und Gehen, eine ungebremste Liturgie. Halb erfroren gönnen wir uns ein Päuschen. Mein Sohn will kicken.
Sein Fußball landet im Graben, ein Knirps hat ihn schnell
geortet, Großmutter ist ihm auf den Fersen. Im weichen *grai
bānāțan,* dem Banater Dialekt, spricht mich die sympathische junge Oma an. Ihre Tochter ist Ärztin in Chicago. Sie
kümmert sich um den Enkel, bis sie sich in der neuen Heimat eingelebt hat. Zwischen Straßengraben und Osterwind
quatschen wir uns an der Liturgie vorbei, vom Hühnerhof bis
nach Amerika. Alte und Junge strömen aus der Kirche. Wir
mischen uns in die Prozession, dem Duft des *cozonac* (Hefezopf) auf der Spur ins ausgelassene Gemurmel. Angekommen. Die Pfarrkantine platzt aus allen Nähten. Die Popen
hängen die schwarzen Kutten an den Nagel, die Fastenzeit
und der liturgische Marathon sind vorbei.

 „Hristos a înviat", Jesus ist auferstanden! Nach einer Run-
de Apfelschnaps wird von von Ei zu Ei angestoßen! *„Adevărat
a înviat!"* Er ist wahrhaftig auferstanden, schallt es durch den
Suppendampf.

 Männer mit Zahnstummeln reichen uns die Hand, be-
danken sich überschwänglich bei den Popen für die Oster-
messe. Auf der Bühne heizt eine dreiköpfige Kapelle ein. Die
Dorftenöre liegen sich in den Armen. Vom Geigenschmerz
gepackt trifft der Sänger in Charles-Aznavour-Manier die
Tonleiter und die Männerherzen mit waschechten *Maneles,*
balkanischen Fados. Mich zieht es hinaus, die Popen zur Siesta. Mit den Ostergästen dicht gedrängt auf der Terrasse reißt

der Gesprächsfaden nicht ab. Ein älterer Mann stellt sich vor. Sein Elternhaus verwildert, er will es verkaufen. Es steht vis-à-vis. Garten ohne Grenzen, Sommerküche und Lehmofen. Im lang gezogenen Gang bröckeln Ornamente. Irgendwo hinter der Grenze in Livezile, im Obstgartendorf, steht das Haus meiner Nee-Oma ... erfasst mich kurz die alte Emigranten-Litanei. Er schenkt mir ein Mehlsieb aus dem Küchenfundus. Mein Sohn kommt auf allen Vieren aus dem Hühnerstall angekrochen.

Hajda! Zurück nach Sacklas, es ist schon dunkel. Unser Reiseführer schwenkt aus dem Rumänischen in den gedehnten Sacklaser Jargon. Die ersten Ansiedler wurden Himmelsmillionäre zwischen Donau und Theiß, zwischen Heidefeldern und kratzigen Weiden. Vom Sumpffieber dezimiert, erfuhren die ersten die Not, die zweiten den Tod, die dritten das Brot – ein Satz wie ein Gebet. An der Haltestelle *Vorhang aus Eisen* wanderte der vierte Schwabenzug aus. Zug um Zug.

Wir fahren durch verschlafene Nester. Giebelhäuser ducken sich ins Schilf wie Kirchgängerinnen unter mausigen Kopftüchern, auf den Dächern abgeblätterte Namen, vielstimmig. Der frische Osterwind hat sich gelegt. Der Reiseführer ist eingenickt. Auch Sacklas ist im Dämmerschlaf, wir biegen in die Wallachisch Gass, dann in die Lothringer Gass – die eine wiederbelebt, die andere trägt den Namen der deutschen Ansiedler. Zungen und Flüsse im Überfluss hat das Banat.

Den frischen Schafskäse vom Schofhalder aus Sacklas hätten wir beinah vergessen. Am Morgen nach dem rumänischen Osterfest noch ein Schnappschuss auf der Gänsewiese – die Sacklaser im Schlafanzug, die Offenbacher mit wild gepackten Koffern. Holterdipolter tändeln wir über die Grenze, entspannt und übernächtigt nach Belgrad. Der rote Skoda hustet unter der Staubschicht. Der Zeiger rennt, Sven tritt aufs Gaspedal. Die Ausfahrt zum Belgrader Flughafen haben wir verpasst, kein Wunder bei der dürftigen Beschilderung. Ob wir unsere Maschine in Echtzeit erwischen? Was tropft aus der Reisetasche? Die eingerissene *Punga* mit Schafskäse. Wir heben ab aus der balkanischen Zeitzone, hinauf und hinaus mit den Zugvögeln, Molkegestank im Koffer.

Night on Banaterra
Ein Kachelofen aus der Mehala
Dezember 2003

Routen und Raststätten werden balkanischer. Hessen vergessen. Sechshundert Kilometer durchgelacht. Im vollbepackten Kombi brettern wir durch bis nach Rumänien. Vater und Peter K., zwei Alt-Temeswarer, feiern ihr Wiedersehen auf der Autobahn mit Schlager und Blech. Peter K., der letzte Temeswarer Kaffeehauspionier, ist in Nürnberg zugestiegen. Die beiden kennen sich noch aus der Hoch-Zeit der *Violeta*, der berühmten Temeswarer Konditorei.

Die Blechschüssel klimpert. Die Naschkatzen vertilgten Mutters Kipfelberge bis auf den letzten Krümel. Bettele um Nachschub, vergeblich. Am Wiener Naschmarkt vorbeigerauscht. Der Kilometerzähler und die quirligen Männer halten den Chauffeur auf Trab. Vater ist ausgelassen, wenn er sich was in den Kopf setzt … Einen Kachelofen aus der alten Heimat exportieren, dafür hat er sein altes Temeswarer Netzwerk aktiviert. Mit der Emigration wurde der ehemalige *şef de echipă* Dienstleister auf allen Kanälen, Mädchen für alles für andere Chefs.

Bin besorgt. Hoffentlich nehmen die Grenzbeamten nicht den Kombi auseinander. Am Grenzübergang Nadlac schiebe ich eine selbstgebastelte Spendenquittung durch den Schalter. Keine elektronischen Geräte an Bord, nur Kinderkleidung und Spielsachen. Keine Businessmänner, ein Konditormeister und ein Tausendsassa aus Temeswar im Transit in die alte Heimat.

Der Beamte filzt uns nicht. Ich hatte vorsorglich einen Fuffi in den Pass gelegt. Die Glotze hat er im Kleiderwirrwarr übersehen.

Schwankende Pappeln, hampelnde Radfahrer am Straßenrand – *Night over Banaterra*. In der überzuckerten Steppe ein

Ortsschild, Vinga. Die rumänischen Negerküsse mit der steinharten Zuckerfüllung im süßen Kombinat im Nirgendwo erschaffen, damals. Ob die Vinga-Praline im EU-Format reproduziert wird, weiß auch unser Konditormeister nicht. Er ist längst aus dem Zuckerrosenbusiness ausgestiegen. In Vinga wird er seinem Kumpel das Mitternachtsdessert aushändigen: eine ausrangierte Riesenglotze. Eine dunkle Seitenstraße, ein Lichtlein im Fenster. Ein Mann kommt herausgehumpelt. Jung und Alt hieven die unverzollte Glotze aus dem Kombi. Der Beschenkte ist überglücklich und lädt uns auf ein Gläschen ein. Wir lehnen dankend ab.

Ein Schwein geistert durch Vinga ... es ist vor der Schlachtung ausgebrochen, Banater Mystery oder eine Pink-Floyd-Szene im Morgengrauen. Schnaps haben wir keinen getrunken.

Temeswar. Nachtmenschen auf der Bahnhoftreppe. Das Gleisbett hat sie ausgespuckt. Das Avantgarde-Gebäude empfängt uns im schmierigen Kleid. Vergammeltes Tafelsilber, Plattenbauten schwelen im Morgenmehl. Die Alt-Temeswarer sind eingeschlummert. Ein Nest wäre wunderbar. Das Fahrstuhlskelett klappert. Wir klettern hinauf und hinab. Heizungsrohre quellen aus schlampigem Beton. Es zieht aus sibirischen Lücken. Peter K.'s Appartment ist aufgeheizt und mit Porzellaneditionen bestückt. Versinke in Kissenstickereien.

Die beiden Männer begießen putzmunter die 1.100 Kilometer in der Küche. Der bettreife Chauffeur muss den Kombi in Sicherheit bringen, schließlich sind wir in Rumänien. Vater hat alles arrangiert, der überwachte Parkplatz in der Mehala ist für uns reserviert.

Guten Morgen, aus dem Schlaf gerissen. Nachdem S. den Kombi eingeparkt hatte, redete eine Frau auf ihn ein. Sie muss ihn mit Vater verwechselt haben. Außer *noapte bună* versteht er kaum Rumänisch. Mitten in der Nacht präsentierte sie ihm schmucklose Kachelöfen. Das ganze Haus war mit schimmernden Nachtkatzen bestückt. Mit einem dunkelgrünen

Exemplar in gewichtigen Einzelteilen polterten wir zurück nach Hessen. Mutter erwartete uns vor dem lindgrünen Kachelofen mit einer frischen Ladung Kipfel …

Das düstere Stein-Puzzle aus der Mehala hat noch keinen Abnehmer gefunden.

Januargrau, marmorierte Felder. Ein Pferdewagen hängt im Graben. Der Kutscher regungslos, eine Kippe im Mundwinkel. Soll doch der Gaul den Karren aus dem Dreck ziehen! Mit der letzten Ladung Geschenke, *Tschoko*-Weihnachtsmänner, fahren wir ins Blaue durch kahle Dörfer. Wen wir beschenken, wissen wir nicht. Passagiere der Landstraße. Morgen kehren wir zurück nach Hessen.

Eine Bushaltestelle, verwaist. Am gefährlichen Straßenrand läuft eine Eingemummte. Wir halten an. „Können wir Sie ein Stück mitnehmen?", frage ich die junge Frau. Ein scheues Lächeln, sie lehnt ab, stellt die karierte Plastiktasche ab, es ist ihr peinlich. Globalisiertes Europa, prall gefüllt mit Billigware ... es rattert im Hinterkopf. Dahinter Brachen, Kindheit, Landschaften. Sie steigt ein, wir unterhalten uns. Sie war in der Stadt, um Weihnachtsgeschenke für ihre Kinder zu besorgen, wohnt in Opat, einem Nest in der Nähe. Das letzte Stück will sie zu Fuß gehen. Hütten aneinandergeklebt wie Kätzchen unter einer Decke. Opat ist eine Schneeminiatur. Wir rauschen zurück auf die Landstraße, ein zufriedenes Lächeln im Gepäck. Schlafende Gleise. Am Bahnübergang starrt ein Rabe in die mehlige Steppe. Ein Schild, Tschakova. Vater besuchte das deutsche Internat im schmucken Städtchen, bis er aus der Kindheit deportiert wurde. Er war elf. Auf einem Hochzeitszug durch Tschakova schnappte ich die Geschichte auf. Ein Schneeschatten auf der leeren Straße, ein Junge winkt uns zu. Vor dem Gesicht trägt er eine Papiermaske. „Ich hab heute Geburtstag", sagt er stolz im holprigen Deutsch. Die *Tschoko*-Weihnachtsmänner steckt er in die viel zu dünne Jacke.

Kein Blechorkan heizt über die Schienen, kein Schneesturm schwängert die Luft. Die Nacht hat sich herangepirscht. Opat ruht unter der Schneedecke. Im leeren Kombi schlittern wir davon.

Gold und Staub und Durst
Schmoren in Transit
August 2017

Zurück auf den verstaubten Hosenboden der donauschwäbischen Autobahn nach Schanderhoos/Schandra ins Schwabenhaus – Landhaushotel und Heimatmuseum nach der Jazz-
Kultour in Wolfsberg mit *sarmale* auf nackten Holzstämmen.
Auf dem Rücksitz gluckst die Marille in der Plastikflasche. Das
weibliche Schimpfgespann macht sich Luft – *una şväboaică*
und *cealaltă* – eine Donauschwäbin aus Temeswar und Offenbach die eine, eine deutsch-rumänische Österreicherin aus
Bukarest und Hanau die andere. Zwischen den Welten zuhause
sind sie beide. Die eine *rea*, die andere *wiedich*, im Volksmund
böse und ungehalten. Jetzt schimpft auch noch der Chauffeur,
warum sind wir 1.200 Kilometer weit durchgebrettert?

Um durch die Landschaft zu gaffen, antwortet Nostalgie.
Gură cască, Hans-guck-in-die-Luft, und in die Baumkro-
ne, ob die Aprikosen schon reif sind, ob die Kirchturmspitze noch steht. Durchs Wärterhäuschen zieht ein verstaubtes
Lied. *Hai acasă puişor.* – Komm nach Haus, mein Täubchen.
Zur Abwechslung halten wir die Klappe. Banater Sturm hängt
in der Luft, am Himmel ein *Vişinată*-Pastell, er hat zuviel Sau-
erkirschlikör gebechert.

Im Schwabenhaus in Schanderhoos erwartet uns die habi-
table Zone für die Nacht – es war herzlich eng bei der Verwandschaft. Angekommen im Dorfherz, es schlägt aus der
restaurierten Kirchturmspitze. Verpeckt ausgestiegen, durch
den Platzregen gerannt. Im Hof tanzen die *Schwowe* bis ins
Foyer des stattlichen Bauernhauses. Hinein in die gute Stube. Am Empfang nickt ein Kotzbrocken, eine Fahne Schnaps,
Schweißperlen im Gesicht.

Den unfreundlichen Ton hinuntergeschluckt, die Treppe
hinaufgepoltert, erschlagen von leblosen Kuckucksuhren. In

die ausgebaute Loge zieht sich die liebeskranke Managerin mit ihren Hunden zurück. Ob mich ein halbes donauschwäbisches Ehebett wie bei meiner Nee-Oma erwartet?

Gudi Nacht. Ein Büschel Strohhexen ist aufgeflogen. Nebenträume. Tauben gurren, Katzen schnurren, Mücken petzen. Raus aus den Federn ohne Atlasdecke. Morgenflüche hallen durchs Gemäuer. Frischer Kaffeeduft? Fehlanzeige!

„Ich muss jetzt nach Hause", brüllt eine Frauenstimme, „mein Mann ist ein Pflegefall." Das erträumte Banaterra-Frühstück im langen Gang, den ersehnten Humpen Koffein serviert uns die wortselige Putzfrau im dunkelblauen *Halat*. Sie ist schiefgewachsen wie die Sinfonie der Banater Strommasten, ihr Lächeln aus Marmor. Sie hat's im Kreuz. Ich schenke ihr mein letztes ABC-Pflaster, sie lächelt entschmerzt. Ich kann mich übermorgen wieder eindecken, wenn es zieht. Aufbruchstimmung, noch einen Blick ins Dorfmuseum stiebitzt. Die einzigen Gäste sind wir und die entstaubten Kredenzalien. Die Tische eingedeckt mit unterbrochenen Porzellaneditionen aus dem Dorffundus der Abgereisten. Blasinstrumente, düstere Ölschinken juwelieren die weißen Wände. Für erlesene Weine aus Rekasch und dampfendes Paprikasch fehlt mir die Geselligkeit. Es ist ja unter der Woche. Keine Donauschwabentournee in die alte Heimat rollt an, ein paar Geschäftsmänner mit *Vișinată*-seligen Gesichtern steigen aus dem Van.

Wir hieven Paradeis, Melone und Feldseele in den Transit. Die opulenten Mitbringsel werde ich in *Taitschland* verkochen, an der Erinnerungstafel meiner Sommerküche rezensieren und gourmentieren.

Wir sind abgereist mit Dillkronen in den Händen, eine Art Koffeinersatz.

VOM PERSCHING UND ANDEREN DURSTLÖSCHERN

Den Eimer geschnappt, radle ich ins Barfußland nach Temes-
war/TimişoaraTM wieesinmirverwobenist. Kindheit macht
Hunger nach barfuß. Den Offenbach-Sound mit Wortspritzern
aus Freidorf, der Temeswarer Vorstadt kompostiert. Mundart
ist eine Art Wunderart … A Persching ist ka Pershing oder
doch? Donauschwäbisch ist ein Persching ein Pfirsich.

Sommerfüße malen Staubmuster. Die Jungs kicken *bloßfüßig*
in der Zitronenstraße. Das Blumenbeet is dead, Rosen, ein
mondänes Dorfpflaster. Kanalisationsrohre rosten. Wenn sie
verlegt werden, sind wir schon längst ausgewandert. Dann,
wann, irgendwann, sag mir quando, angekommen im Fu-
tur III auf der Überholspur in *Taitschland*. Ich wurde mit dem
Ausreisevirus gezeugt, in einen unsichtbaren Koffer geboren.
So what. Tag und Nacht packen wir die Koffer, reisen aus,
parken und ernten die Früchte der Jahreszeiten im Banater
Dschungel. Wir schauen nicht auf die Uhr, außer sonntags
auf die kostbare Armbanduhr. Die Kirchglocken idyllisch
und zensiert. Der Tag gerinnt ohne Uhr an der Wand. Kran-
kenhausgrün und ölig. Schweißperlen stehen auf der Stirn.
Abwaschwasser wabert im Waschbecken, findet keinen Ab-
fluss. Warten auf die Rohre. Die liegen da, brach.
   Die Sehnsuchtsseele hat eine Staublunge aus Warteschlei-
fen. Doch die Kehlen trocknen nicht aus! Der Loofbrunne,
der Artesibrunnen tropft in Altfreidorf seit der Ansiedlung
der Donauschwaben vor dreihundert Jahren, was nicht so
sexy klingt, weil der Schwabe mir das Wort zersingt. Das
Donauerische hat mehr Flair. Es war Maria Theresias Idee,

das steht fest. Sie trommelte verarmte Ansiedler zusammen, verschiffte sie mit der Ulmer Schachtel ins flache Banazko. Schwaben, Schwowe, Franzose, Pälzer. Sie verordnete ihnen Schachbrettdörfer im k. u. k.-Format, jedes Nest mit seiner Koloratur und Textur, sie sind auch mitemigriert. Meine Ahnen sind im Schwarzwald verklinkert, eine Handvoll rebellischer Hotzen, „die unruhigen Salpeterer", freie Bauern, die sich gegen die kaiserliche Order auflehnten. Damit endlich Ruh ist im dunklen Tann, deportierte Maria Theresia ihre Anführer und Schießpulverspezialisten ins Banat. Sie weigerten sich, an der Temeswarer Türkenbastion mitzubauen. Die Obrigkeit verpflanzte einige Hotzenfamilien in den Garten am Stadtrand: Freidorf was born im Sumpf. Wie die Zeit vergeht.

„*Geh fohr Wasser*", plärrt Mutter aus der Sommerküche. Im Nu die *Rabla* (Fahrrad) und den Eimer geschnappt, in die Allee geradelt. Ein Graslabyrinth quillt aus dem Haus ohne Kopf. Der Verrückte mit dem Kindergesicht macht Männchen. Er verdreht mir die Augen. Eine Kriegsbombe detonierte sein Erbe, ihm den Verstand. Im privaten Dschungel bewohnt er mit seiner Mutter einen Schuppen. Nichts wie weg, der Kindsmann ist gefährlich. Ich reite durch die Allee an den Nudelbäumen entlang in den verdorrten Petöfipark, ein Dichtername aus dem ungarischen Heldenclub. Die Wadenenergie treibt mich weiter. Meine Ab-und-zu-Freundin mit dem weißen Augenfleck und der Mireille-Mathieu-Frisur lass ich links liegen.

Die *Hutwat* hat viel Kanalwasser gesoffen, sie liegt trunken hinterm Bega-Damm. Die Jungs kicken im Matsch und knicken den Fröschen das Kreuz. Erst wenn grüner Schleim tropft, lassen sie die Zappler lustlos fallen. Zur Erinnerung tanzen die Frösche in der nassen Wiese und auf dem Kirchweihfest am Rochussonntag im August. Die Straßenbahnschienen tauchen auf, sie wurden um die Jahrhundertwende verlegt. Mit der Diktatur wurde die polentagelbe Elektrische immer träger.

Pastellfassaden verdrängen die Giebeldächer in die Niederungen, die Altfreidorfer Allee glänzt – ein Hauch Banater Luxus von Limonen. Im Dorfherz tröpfelt der Artesibrunnen. Seine Nase läuft durch die Steilgasse. Die niedliche Schneiderin hat sich in ihre Kuhle im Gassenschlund verdrückt und das Dorf unters Weinrebendach. Sie schneiderte mir ein kornblumenblaues, asymmetrisches Kleid, an den kindlichen Oberarm heftete sie Silberspangen gegen die Kaufhauskälte. Der griechische Designtraum sorgte für Furore in der Kirchweihnacht. Nichts los am Artesibrunnen. Mit dem Sternenhimmel läuft am Loofbrunne die Informationsbörse. Butterfäßchen und Venus tratschen, tuscheln, trutscheln in High Heels und Schlappen.

Moder strömt aus Kellerluken, erfrischt die nackten Füße. Hedi und Greti sitzen auf der Gass im *Scherzeklood* aus dem Neckermann-Katalog, in voller Blüte und doch verblüht. Getratsche, Neugierde in Trägheit verpackt erhält sie am Leben. Was sollen sie sonst tun? Sie verdauen die *Kerwuszuspeis,* das Sommergericht ist maßlos mit Kaper bezirzt.

Um den unverdaulichen Rest kümmert sich die bucklichi Tant. Das stattliche Anwesen ist Heparin-Onkels Verdienst. Als Wunderheiler, Knochenbrecher, Osteopath hat er alle Hände voll zu tun. Für seine Handgriffe und die Heilsalbe kommen Leidgeplagte aus ganz Rumänien ins Salatdorf. Um die gelangweilten Töchter schert er sich nicht. Die Kesselflicker und ihre abenteuerlichen Geschichten vertreiben seine Traurigkeiten, die kaum einer mitbekommt.

Ein Fröschgöschelgärtchen ziert das bescheidene Giebelhaus gegenüber. Die üppige Gitta flötet über die Gass. Ihr Gewölbe sprengt das florale Schürzenkleid aus *Taitschland,* ihre Titten tätowieren die Hitze. So was lasse ich mir auf die Wespentaille implantieren. Die junge Gartenprachtlerin hat Wangen wie rosige Früchtchen, ist dumm wie Stroh, hot wie Kompott, wie Perschingkompott. Sie piepst mit Likör in der Stimme.

Hedi und Greti haben mich an der Angel und schleifen mich mit in die Sommerküche. Im gemütlichen Gerümpel stapelt die Bunte und Dreigroschenliteratur aus *Taitschland,* auf der Sitzbank lungern die Drei-Groschen-Opern.

Die Tant rutscht auf den Knien, schrubbt den langen Gang, kniet vor dem bischofsroten Altar. Ihre Einbauküche ist echter Luxus, nicht nur Kredenzgerümpel in der Banater Kuchel. Den Küchentempel darf ich nur barfuß betreten. Stimmt nicht, ich hab noch eine Einbauküche gesehen, in Ceauşescus Villa in der Stadt. Ruckzuck hatte mich Vater auf seine Mitternachtstour mitgenommen, er renovierte Bonzenvillen.

„*Auoleu!*" (Aua) dringt aus dem Schuppenkabinett. Hinter der dünnen Wand jammern die Eingerenkten in sieben Sprachen. Der gewitzte Heparinonkel paktiert mit dem Heilassistenten. Er ist kein Stubenhocker und bringt die Heilsalbe an den Mann und hautsächlich an die Frau. Seine Frau hat sich in Krankheiten verschanzt und fröstelt im braunen Stoffkleid. Der abgefahrene Herr Kupferstich ist aus dem Ehebett zur drallen Geliebten geflüchtet. Sie veredeln Pfirsiche hautnah.

Wangen glühen vor Neugierde. Hedi und Greti quetschen mich aus wie bei der Securitate. Das chaotische Ota-Haus hat sie inspiriert. Sie spendieren mir keine Citro aus dem neuen Kühlschrank. Im Schuppenkabinett ist Ruh. Genervt bin ich den Transusen entwischt. Die frisch Eingerenkten tapsen in den Hof, lüpfen leichtfüßig ihre Glitzerkopftücher. Der verschwitzte Heparinonkel reibt sich die roten Heilerhände. *Hot tich was gstoch?* Die Pranke packt mich am Ärmchen, hoffentlich verdreht sie es nicht.

Im Garten flutschen die Säfte, sticheln die Wespen. Die Geliebte im feuchten Fruchtkleid, ihre Schenkel lächeln, sein Persching schwillt heimlich. Sie stöhnt unterm Blätterdach. Ein Ast ist heruntergekracht. Fuh. Kupferstich reißt sich los, öffnet das Gartentor, sieht verdammt jung aus. Pfirsichlikör klebt an den geschickten Händen. Sie erholt sich in der grünen Lounge.

„*Tu werst mol scheen*", flüstert mein Onkel mir zu. Wir mögen uns und er meine freche Gosch. Den großen Mund hab ich von meiner Kettel-Oma geerbt, sie war gefangen in Melancholie. Herr Kupferstich steigt in seinen blauen Renault Kombi, ein legendäres Gefährt in Neufreidorf. Werdende Mütter chauffierte er in die Entbindungsstation nach Temeswar, auch Mutter und mich an einem brütenden Augustsonntag. Die Dottores hatten keinen Bock auf meinen Rausschmiss, ein Fußballspiel wurde übertragen. Auf die Väter war kein Verlass, sie feierten Geburtsrunden.

Die trägen Sisters rühren sich unterm Kopftuch und rühren die Heilsalbe. Die Geheilten wollen was mitnehmen von der buttrigen Creme. Kein Mist und gut fürs Business im Heilerhaus.

Die Heparindynastie hat keinen Misthaufen und keine Kuh im Stall. Keine Hühnerkacke und keinen Dreck im Gang vom klumpigen Stinkhof. Nichts ist verpeckt. Und kein duftendes Blech *Kerwusstrudel* steht auf dem Tisch. Keine Kettel-Oma, die mich mit ihrer Honigstimme umarmt, keine wilde T., die mich im Turbo drückt und zwickt. Und keine stolze Karla-Tant, die nicht mehr atmet. Sie drückte mich am heftigsten. Auf ihrer Beerdigung war ich nicht, ich war in Las Vegas. An ihrem Grab auch nicht. Mit ihrem Stolz, ihrem Zorn sprengt sie jedes Grab. Und keine M., das eleganteste Kätzchen der sechs Schwestern. Und kein Sieburg-Ota, der mich so grandios neckte, und kein Peder-Onkel, der in guten Zeiten meine langbeinige Cousine auf den Kopf stellte.

Hitzig tuschelt Madame Nacht in der entgrellten Allee, Abenduft haucht in den Beeten. Die Zimmer atmen an der Gass. Mein Eimer ist umgekippt. Die Weiber sind übergeschnappt, das Wässerchen mit. Vielleicht begegne ich meinem Schwarm und hol mir einen Eimer Geprickel. Zurück zum Artesibrunnen unter den Sternenhimmel.

VOR ORT VERWORTET

Freidorf – Temeswar – Nürnberg, Heimattreffen Juni 2017

Ein Sonnenkleidlächeln
ein gelüftetes
    ein zahnloses
        markantes
            verwandeltes

kreuz und quer durch den Saal gestarrt

im Takt der Kapelle dreschen Münder
das Rahmenprogramm bestickten
Busenfreundinnen, zeitweise verschüttet

Großmütter in Blumenkleidern
der verbrannte Sockel in Ringelsocken
auf der Bank Fratschlerinnen
Setzlinge im Arm
die Radieschen im Mistbeet vergessen

wo rappen ihre Enkelinnen?
ob sie zu den Torten stürmen?

mittendrin eine Wortlerin
im Rausch der Präpositionen

wir engelten bengelten zum Artesibrunnen
schwärmten aus zu den Dracheninseln
durch Kaulen, feuchte Wiesen

ins Gemurmel rastloser Wasserzungen
stöckelten mit dem Sumpf in die Allee
schillerten auf den Versen der Elektrischen
sie kam immer zu spät

kicherten hinterm Vorhang aus Maschendraht
wälzten Geschenke von Ausgereisten, bunte Stoffballen
designerten Couture und Kültür
gegen den Strich und den Faden
dösten am Tresen mit warmen Brotlaibern
Uniformen an der Haltestelle ausradiert

kreuz und quer durch den Saal gestarrt

in der Tracht in die Luft gebeamt
barfuß auf die Erinnerungsbühne
Urgroßmutters Schürze umgebunden
französische Spitze, ein Jahrhundert
vor die Kamera geschasst, war ich zwölf oder vierzehn

     scheinbar gelächelt
        eine Pracht
        von der Wand
        in den Container
   unterm Nagel

Kirchglocken vom Recorder stammeln im Saal mit fremden
Postleitzahlen Wurzeln schlagen
auf der Suche nach verschwitzten Kindergesichtern
verpasste ich das letzte Stück Doboschtorte

aus dem Festsaal der Silbersträhnen
etwas Lametta gerettet

GLOSSAR

Adam-Müller-Guttenbrunn-Haus: Altenheim in Temeswar, Sitz des Deutschen Forums.

Bacova, Bakowa: Ortschaft im Banat, Rumänien.

Bacsi: Onkel, ungarisch.

Barchent: Baumwollflanell.

Bezikel: Fahrrad, donauschwäbisch.

Blech-Weidling: Schüssel mit Henkeln.

Conducător: Führer, rumänisch.

Detergent: fabrica de detergent, Reinigungsmittelfabrik in Temeswar.

Die Dreier: Straßenbahnlinie Nr. 3.

Dispensar: Arztpraxis, Ambulatorium, Apotheke. Aus dem Rumänischen entlehnt.

Doamna Educatoare: Frau Erzieherin, rumänisch. In rumänischen Kindergärten wurden die Erzieherinnen nicht mit Namen angesprochen.

Dschanga: Straßenbahn, Temeswarer Dialekt.

Fratelia: historisches Viertel und VI. Bezirk von Temeswar.

Fratschlerin: Marktfrau ohne eigenen Stand, die auf dem Markt vor allem Gemüse verkauft, wienerisch.

Freidorf: VII. Stadtbezirk von Temeswar.

Haberer: Freund, Kumpel, Liebhaber; in Österreich und Mittelbayern.

Herrischer: vornehmer Herr, donauschwäbisch.

Hutwat: Hutweide.

Halat: Kittel, rumänisch.

Hambar: Scheune, rumänisch.

die Innere: die Innere Stadt von Temeswar.

Jäger, Stefan: Banater Maler.

Josefstadt, Iosefin: historisches Viertel und IV. Bezirk von Temeswar.

Kapper: Dill, donauschwäbisch.

Kerich: Kirche, donauschwäbisch.

Kerwuszuspeis: Banater Gemüsegericht.

Kettel-Oma: Rufname von Katharina, Großmutter der Autorin.

Kleine Post: ehemalige Telefonzentrale für Auslandsgespräche in Temeswar.

Klothose: Männerunterhose aus schwarzem Tuch.

Liebling: Gemeinde im Südwesten Rumäniens, Banat.

Lopta: Ball, serbo-kroatisch.

Maternitate: Entbindungsstation in Temeswar.

Mici: Hackfleischröllchen, rumänische Spezialität.

Nee-Oma: Großmutter väterlicherseits.

Néni: Tante, ungarisch.

Nikolaus-Lenau-Lyzeum: deutschsprachiges Gymnasium in Temeswar.

Ota: Großvater

Paradeis: Tomate, donauschwäbisch. Österreichisch: Paradeiser.

Punga: Tüte, rumänisch.

Razen, Razinnen: Raizen war die frühere deutsche und ungarische Bezeichnung für Serben.

Sacklas: auch Sackelhausen oder Săcălaz, Gemeinde im Banat, Rumänien.

Salpeterer: freie Bauern im zu Vorderösterreich gehörenden Hotzenwald (Südschwarzwald), die sich gegen die Unterdrückung durch das Kloster St. Blasien auflehnten (Salpeterer-Unruhen im 18. und 19. Jahrhundert). Zur Strafe deportierte Kaiserin Maria-Theresia im Jahr 1755 27 Salpetereranführer mit ihren Familien ins Banat.

schepp: schief, donauschwäbisch.

schwowisch: donauschwäbisch.

Sekatura: veralteter österreichischer Ausdruck für Nörgler.

Stiucas: Hecht, rumänisch. Im Volksmund: kleine Fische.

Szabo: Teich im Temeswarer Stadteil Freidorf auf dem Gelände der ehemaligen Szabo-Ziegelei.

Tschossi: Abkürzung für Ceaușescu.

Tschoko: Schokolade.

Tuchent: Federbett, österreichisch.

Ulmer Schachtel: einfach gebautes, kielloses Flussschiff vom Typ Zille, das für den Waren- und Personentransport von Ulm donauabwärts genutzt wurde. Im 18. und 19. Jahrhundert wichtiges Verkehrsmittel für die deutschen Auswanderer nach Ungarn und zur Truppenbeförderung.

Vișinată: Kirschlikör.

Zecker: Tragetasche, donauschwäbisch.

Zuika, Țuică: Pflaumenschnaps.

Aus dem Verlagsprogramm

Ilse Hehn
Sandhimmel. Lyrik & Übermalungen
edition textfluss
ISBN 978-3-946046-06-6

Mila Haugová
Langsame Bogenschützin /
Pomalá lukostrelkyna
zweisprachig slowakisch/deutsch
edition textfluss
ISBN 978-3-946046-09-7

Bogdan Coşa (Hg.)
Die Spitzen-Elf / Primul unsprezece
zweisprachig rumänisch/deutsch
edition textfluss
ISBN 978-3-946046-11-0

Admiral Mahić
Flirrende Visionen / Lepršava priviđenja
edition textfluss
zweisprachig bosnisch/deutsch
ISBN 978-3-946046-16-5

www.danube-books.eu

Lothar Quinkenstein
Die Brücke aus Papier /
Sprachen der Bukowina
edition textfluss
ISBN 978-3-946046-21-9.

Sophie Reyer
Silberstrom bin ich
edition textfluss
ISBN 978-3-946046-23-3
(erscheint im Februar 2021)

Kristiane Kondrat
Abstufungen dreier Nuancen von Grau
Roman
ISBN 978-3-946046-14-1

Florin Iaru
Die grünen Brüste.
Erzählungen
ISBN 978-3-946046-17-2

www.danube-books.eu